T0363820

Perrita Country

VOCES / LITERATURA

COLECCIÓN VOCES / LITERATURA 316

Nuestro fondo editorial en www.paginasdeespuma.com

Sara Mesa, *Perrita Country*
Primera edición: octubre de 2021

ISBN: 978-84-8393-296-4
Depósito legal: M-21160-2021
IBIC: FYB

© Sara Mesa, 2021
© De las ilustraciones: Pablo Amargo, 2021
© De esta portada, maqueta y edición:

Editorial Páginas de Espuma
Madera 3, 1.º izquierda
28004 Madrid
Teléfono: 91 522 72 51
Correo electrónico: info@paginasdeespuma.com

Impresión: Cofás
Impreso en España - Printed in Spain

Sara Mesa

Perrita Country

Ilustrado por Pablo Amargo

PÁGINAS DE ESPUMA

LAS SEMANAS PREVIAS SOÑÉ CON UNA CASA DE COLOR rosa pálido, una de esas bonitas casas de postal de la Provenza con las contraventanas y las puertas verdes, geranios en macetas de barro y un jazmín en la entrada. En mis sueños —gozosos, detallados—, la casa no estaba en la Provenza, sino en la ciudad donde nací, en pleno centro, y era grande, con techos altos y vidrieras. En el patio trasero una higuera se doblaba por el peso de los frutos picoteados por los pájaros y el zumbido aletargante de las abejas se enredaba entre las hojas de una parra. Ranitas de san Antón saltaban en una alberca, de una punta a la otra, y en la tierra, fresca y fértil, brillaban las lombrices.

¿Qué significaban tantas plantas, tantos animalitos? Una especie de felicidad mística, creo, un paraíso. Una promesa, tal vez.

O una mentira.

Yo entonces no sabía que me vería obligada a mudarme así, tan de repente. Y con mi sueldo de maestra, ni fachada rosa, ni higuera, ni parra.

Busco, pregunto, hago mis cuentas. Un agente inmobiliario me enseña con raro entusiasmo una pequeña casa en las afueras. Muy soleada, dice en mitad de la penumbra. Tiene un estrecho patio encajonado, tuberías ruidosas y dos baldosas sueltas en la escalera que al pisarlas hacen clap clap, marcando burlonamente el paso.

Firmo el contrato de alquiler con mi caligrafía floja, dubitativa. Ahora, ante ese papel que tiene menos consistencia que mis sueños, esta casa es la mía.

En la mudanza me ayuda Victorpe, mi fiel amigo. Él es la única persona a la que quiero tener cerca, quizá porque, como yo, también está confundido y da tumbos de un lado a otro buscando su hueco.

El nombre Victorpe surge de la fusión de Víctor Pedro, compuesto cacofónico donde los haya. La apócope final tampoco suena nada bien, con ese *torpe* resonando en el oído, pero él asegura que le gusta e insiste en una pronunciación aguda para deshacer los equívocos: *Victorpé*.

¿Por qué no llamarlo Víctor solo, a secas, o Pedro a secas?

Yo no lo sé, él lo sabrá.

La casa está embutida entre otras tantas de similar tamaño, en una calle en cuesta, curvada como una dentadura postiza. Todas juntas, apretadas y amarillentas, forman una sonrisa socarrona. ¿Se ríen de mí, de mi llegada? ¿O debo tomarlo como una bienvenida? Enfrente hay un descampado lleno de malas hierbas donde la gente echa chatarra, electrodomésticos rotos, muebles viejos o todo aquello que no sabe bien dónde tirar. El cartel que anuncia la construcción de nuevas viviendas está tan oxidado que deduzco que el proyecto se abandonó hace años. Tanto mejor: el descampado es feo, pero tranquilo.

Victorpe, tan desajustado como su nombre compuesto y tan torpe como su nombre apocopado, es también esforzado y voluntarioso, así que la mudanza va todo lo bien que cabría esperar, sin más percance que un armario rayado y varias piezas de la vajilla rotas.

Mis nuevos vecinos, cuando me ven llegar, asoman la cabeza y hacen sus cábalas, o quizá no hacen cábala alguna y soy yo quien, resentida, fabulo con sus fabulaciones. «Ella y su novio». «Ella y su hermano mayor». «Ella y su amigo maricón». «Ella se ha divorciado». «Ella ya tiene una edad». «Ella es rara, pero él lo es aún más».

Al final del día, ella, con su precioso gato gordo, se queda.

Él se va.

El precioso gato gordo es el Ujier. Le puse ese nombre porque, como los antiguos ujieres de palacio, es quien se encarga de preservar el orden, recibir a los visitantes, tramitar los permisos e instancias, vigilar la puerta de la cámara del rey y custodiar las viandas. Aunque su autoridad es limitada, la ejerce con firmeza y un íntimo orgullo funcionarial. Es un ujier muy digno, muy solemne.

Es verdad que es gordo y también que es precioso: atigrado, con mascarilla y pechera blanca, rebeca gris, el rabo a rayas y la nariz rosada como un cachito de goma de borrar. Victorpe dice que es el Paul Newman de los gatos, aunque lo dice a regañadientes, sin halago, como reconociendo esta belleza a su pesar. Jamás se dirige a él por su nombre. Lo llama «el gato» o, en sus peores momentos, «ese gato», marcando la distancia.

El Ujier no está acostumbrado a los cambios. Salvo la rutinaria visita al veterinario para su sesión anual de vacunas, nunca sale a la calle. La mudanza le estresa, pero la curiosidad le puede. Cruza las puertas y atraviesa las estancias con el lomo bajo, las patas muy dobladas, mosqueado. Echa vistazos, toma decisiones. En tan solo unos días se apodera del espacio y establece nuevas reglas para la vida doméstica: qué puertas han de quedar abiertas o cerradas, el lugar donde puedo —o no— colocar las macetas, la disposición de los libros en las estanterías, la postura en la que me está permitido dormir y en qué intervalos del día o de la noche.

Deja clara su preferencia de uso de algunos rincones. Junto a la ventana delantera, donde da el único rayito de sol de la mañana, coloco el sillón naranja, su preferido, medio despedazado ya de tanta uña. Pongo una tela encima para ocultar el daño y él la quita con furia. Poner, quitar, poner, quitar. En este tipo de cosas se nos van los días.

EN ESTA NUEVA CASA Y ESTA NUEVA ÉPOCA DE NOCHES INSOMNES Y largos suspiros por la escalera que hace clap clap, sueño a menudo con un perro, con la posibilidad de tener un perro. Imagino un perro grande y protector, apacible, elegante. Un perro capaz de leerme la mente e intuir los vaivenes de mi alma, con hermosos colmillos blancos y el pelo suavísimo. Un gran perro que me sirva de guía y de almohada.

¿Existe ese perro?, me pregunto. En la misma medida que mi casa rosada de puertas y de ventanas verdes, me respondo. Sé que el Ujier, en representación de las limitaciones de lo real, jamás lo hará posible. Se resistiría con uñas y garras a la llegada del intruso.

¿Aceptarías convivir con un perro?, le pregunto cuando trepa a mis piernas. Me mira con indiferencia, ronronea, se acomoda sin importarle mi incomodidad. Cuando se harta de mis caricias me da un zarpazo. No sé si tomarlo como una respuesta.

Me sorprendo haciendo cálculos perversos. Un gato doméstico puede durar catorce, dieciséis años. Al Ujier, me digo espiándolo de reojo, podrían quedarle entonces unos diez. ¿Diez años? ¿Tanto tiempo tengo que esperar? Lo miro ahora de frente, me lleno de resentimiento. ¿En qué momento se hizo con tanto poder? Él me devuelve la mirada con sus ojazos color ámbar, pliega las patitas hacia dentro, bosteza. Una pelusilla se le ha enganchado a un bigote, ridículamente. De pronto, esa pelusa, que marca su vulnerabilidad, me hace sentir culpable, muy culpable. ¿Cómo he podido pensar en su muerte? Para compensar, le doy una barrita de atún y salmón, que devora con la pelusa todavía en equilibrio sobre el bigote. *Delicatessen* para aliviar la mala conciencia.

EN LAS HORAS MUERTAS, QUE SON MUCHAS, BAJO AL SALÓN —CLAP, CLAP— y bajo la fantasmagórica luz de la lámpara verde miro por internet páginas y más páginas de perreras y refugios. Las fichas de los perros en adopción suelen incluir una o varias fotos, los datos básicos —raza, edad, tamaño, peso— y una breve reseña de sus antecedentes. Abandonados al nacer, apaleados, hambrientos o enfermos, recogidos en la carretera, en contenedores de basura, polígonos industriales, campos o solares. Con frecuencia se me saltan las lágrimas. No sé si la emoción se debe a la pena, a la rabia o a la autocompasión. Quizá es otro síntoma de mi creciente estado perturbado, un tipo de señal.

Plutarco decía que quien maltrata a un animal terminará maltratando a sus semejantes. Para Descartes, en cambio, el grito de dolor de un perro no es más que una reacción mecánica equiparable al chirrido de una rueda que gira. Pienso, luego me equivoco, así que descarto a Descartes y me quedo con Plutarco.

Echar mano de la filosofía me sirve para atenuar la vergüenza. Miro fotos de perros y no se lo cuento a nadie, ni siquiera a Victorpe. Sería como mostrar una parte de mí, íntima y herida, que de momento oculto por un raro sentido de la decencia.

Victorpe ha venido a prestarme un taladro. Prestarme es un decir: no se fía de mí y me anuncia que, lo que haya que hacer, mejor lo hace él. Está subido encima de un banquito, en precario equilibrio, dispuesto a destrozarme la pared, cuando se lo pregunto así, a bocajarro. ¿Cree él que sería compatible…? Abre los ojos con espanto. Una guerra, dice. ¡Sería una guerra! ¿Es que he olvidado el carácter de mi gato? Claro que hay perros y gatos que conviven, pero es porque se conocen desde cachorros. El Ujier tiene ya cinco años, es egoísta, está maleado, no permitirá que ningún extraño invada su territorio. Yo insisto, pero con disimulo.

—¿Y si recojo un cachorro?

Sosteniendo el taladro en la mano como quien empuña una recortada, me lanza una mirada indescifrable y luego, para mi sorpresa, dice:

—Puedes probar. Por lo que sé, algunos refugios dejan tener a los animales en acogida. Si tu gato no le saca un ojo al intruso en el plazo de un mes, podríamos considerarlo una victoria. —Después se queda pensativo—. No, un mes no. Mejor un año. Tu gato es de los que se toman la venganza con lentitud. Malo con parsimonia, como los verdaderos malos.

Tras su sentencia, se pone a hacer boquetes, concentrado.

En cuanto se va, impulsada por su dudoso beneplácito, llamo a un refugio y pregunto si tienen cachorros para adoptar. A poder ser, añado, cachorros sanos, grandes, cariñosos, tranquilos. Todo el mundo quiere cachorros así, responde la chica que me atiende.

No hay que ser muy sagaz para captar el reproche en su comentario. Pero no debería confundirse. Le explico que si busco un cachorro es a causa del Ujier. Soy una persona responsable, le digo, la responsabilidad ante todo, tener un perro es una cuestión de responsabilidad, yo nunca… Ella me interrumpe. ¿Tengo un gato adulto? No puedo meter en mi casa a un cachorro con un gato adulto. ¿Sé yo lo que supone un cachorro? Todo el día jugando, molestando, tocará su comida, no respetará su territorio. ¿No me interesaría mejor un perro adulto? Tienen adultos tranquilos y adaptables que convivirían sin problemas con un gato. Claro, claro, respondo sobrepasada por el giro de la conversación. La chica me asegura que, de hecho, tienen a La Perra Perfecta para mí. Perfecta, repite. ¿He mirado la página web? Allí está su ficha. Debería conocerla, probar con ella. La chica pone la mano en el fuego por esa perra.

Con un hilo de frustración en mi voz, sin pasión alguna, le digo que buscaré la ficha, que volveré a contactar más adelante.

Cuelgo con la misma sensación que me asola cuando me llaman de una aseguradora o de la compañía de teléfonos: me la han colado.

Barro el suelo meditabunda, sin cuidado, ensuciando a medida que limpio. En el polvillo que ha salido de la pared tras usar el taladro se distinguen huellecitas del Ujier, de arriba abajo. Nítidas y precisas, como las de un gato de tebeo.

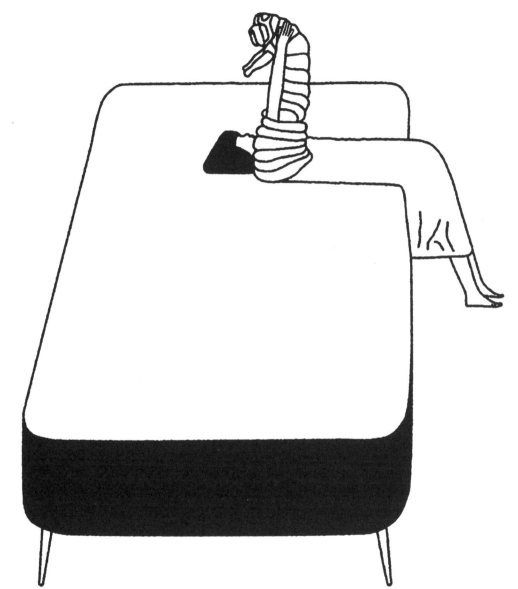

ANALIZO LA FICHA DE LA PERRA PERFECTA, O DE LA QUE ME HAN DI-cho que es La Perra Perfecta, y lo que veo es una perra de tamaño mediano, despeluchada y fea, nada que ver con el perro hermoso y señorial que había imaginado. ¿Por qué me la recomiendan? Según se detalla en su descripción, es el típico animal cariñoso y bueno que convive bien con todo el mundo, tiene solo dos años, pero, oh, también pone —ajá, ahí estaba la trampa— que padece una enfermedad crónica, leishmania, aunque con una pastillita al día, prometen, no hay problema.

En mi vida había oído antes esa palabra, *leishmania*, así que la tecleo y lo que me sale es, oh, Dios, ¡es horrible!: enfermedad canina de tipo parasitario, grave, se transmite mediante la picadura de un mosquito, afecta al pelo, la piel, los riñones, el hígado y el páncreas, es devastadora, puede causar la muerte. ¿Voy a fiarme entonces del señuelo de la única pastillita al día como remedio?

Cierro la ficha de inmediato, busco otras. Seguro que hay más perros adultos que me puedan valer. Adultos y *sanos*. Por ejemplo Perla, una distinguida dálmata mestiza, con pose de perro de porcelana en una mansión británica. O Nerón, todo un bulldog de expresión afable, gordo y con patas cortas, que en una de las fotos aparece junto a un gato siamés. De La Perra Perfecta, de momento, no quiero ni recordar el nombre.

Me armo de valor y vuelvo a telefonear a la chica del refugio. Le digo que quiero ver a Perla y a Nerón. ¿No a La Perra Perfecta?

También, digo, aunque lo digo por decir, solo para que no me juzgue mal. Le confieso que me preocupa el asunto de la leishmania. He leído en internet cosas horribles y… Ella me frena. Esa enfermedad, dice, puede ser grave pero también puede no serlo y en este caso La Perra Perfecta la tiene controlada, basta con una pastillita al día… Sí, sí, le digo, he leído lo de la pastillita, pero ¿qué hay de Perla y de Nerón? ¿No serían compatibles con mi gato? La chica parece considerarlo. Sí, son buenos perros, admite al fin, aunque no tanto como La Perra Perfecta. Me propone ir a ver a los tres y elegir. El *Meetic* de los perros, dice Victorpe cuando se lo cuento.

—Qué terca eres. Ni que te sobrara el tiempo —dice también.

El Ujier camina por el borde de la mesa con dignidad. Luego se da la vuelta y me mira suspicaz, como si sospechara lo que se le viene encima, esa traición.

—¿Ves? —dice Victorpe—. Él se da cuenta.

Perla resulta ser tal como prometía: toda fibra, belleza y nervio. Me saluda ruidosamente y enseguida se va a jugar con otros perros. Es fascinante verla correr, sus músculos firmes y tensados, la lengua fuera y la mirada de loca. Me gusta, sí, sin duda me gusta, pero a la vez que lo pienso se me instala una inexplicable desazón en el estómago. ¿Sabré manejarla?

Nerón, de pelo corto y duro, es mucho más tranquilo. Casi no me hace caso al verme, aunque se deja acariciar un buen rato la barriga resollando de placer. Solemne, algo distante, tiene un aplomo parecido al del Ujier. Los imagino juntos, como dos señores que se contaran batallitas, compitiendo en anécdotas delante de una copa de coñac, sus respectivos batines bien abrochados. Me gusta, sí, sin duda me gusta, pero lo pienso con frialdad y distancia, como si estuviese escogiendo el color de una encimera nueva de cocina.

La tercera es La Perra Perfecta. Hay que ir a verla a otra parte de la ciudad porque esos días la ha acogido de urgencia una pareja, me explica la chica mientras conduce. Es una perra que necesita un hogar, sufre mucho metida en la jaula, es demasiado tímida y sumisa, tras cuatro años esperando su turno merece una oportunidad. ¿Cuatro años?, pienso. ¿No ponía en la ficha que solo tenía dos? ¿Cuántas mentiras más me están colando? Y, si es verdad que es La Perra Perfecta, razono con malicia, ¿cómo es que nadie se ha interesado antes por ella?

Me están esperando en una plaza, la pareja —dos entusiastas biólogos muy jóvenes— y La Perra Perfecta, una masa blanca y marrón con manchas desiguales que corre hacia mí con alegría, como si me reconociera de otra vida. ¿Qué tipo de animal es este?, me digo, aturdida. Es una perra desaliñada, sin armonía, hecha como a pedazos. Le han cortado el rabo, tiene las tetas grandes y flojas, calvas en el lomo, se mueve como una peonza. No sé bien qué sentir.

Pero después, cuando se tranquiliza y deja de moverse, se produce el milagro.

Se revela entonces la importancia de los detalles, que descubro admirada, uno a uno. Las orejas caídas, grandes, de castaño pelo brillante. El finísimo cerco que le rodea los ojos color miel. Las largas pestañas tupidas, como de actriz. El hocico achocolatado, con un gracioso surco lechoso que llega hasta la frente. Las patas moteadas, de las que brotan largos flecos blancos. *Perrita Country*, me sorprendo pensando. *Perrita Country*.

Me agacho a su lado, le acaricio el lomo áspero, las orejas suaves. Ella me mira. No se va. Se queda allí conmigo, entregada a las caricias. La revelación es inexplicable, tan fuerte que no se puede negar ni ocultar. Aquí no interviene la razón. Este es el dominio del espíritu y de su enorme, insondable, secreto. Es ella. Soy yo. Somos nosotras.

La pareja de biólogos y la chica del refugio nos miran con satisfacción.

Pequeña perra enferma, maldita fotogenia que no va contigo, era verdad que había que conocerte. ¿Qué haremos ahora para que el Ujier te quiera?

SUBE CONMIGO EN EL COCHE DE BUEN GRADO, PERO JADEA EN EL asiento trasero, se levanta tras cada cambio de dirección, se asoma por la ventana. Por el espejo retrovisor se cruzan nuestras miradas: la mía, ansiosa; la suya, interrogante. ¿Tiene sentido hablarle, explicarle lo que está ocurriendo? Da igual: le hablo, se lo explico.

Al llegar a la puerta de la casa, justo antes de entrar, se detiene de golpe, aterrada. Una vecina barre la acera con energía teatral; observa, cotillea, juzga. Vamos, susurro, vamos dentro, pequeña. Tengo que insistir mucho, tirar de la correa con vergüenza, para lograrlo. La meto en el salón, cierro las puertas. Ahora estamos a salvo. Pero el Ujier, en el pasillo, ha detectado ya la presencia de la intrusa. Lo sé por su maullido lastimero y profundo, el canto de un muecín.

Me han recomendado que el primer día ni siquiera se vean, que bastará con que se huelan a distancia. Aun así, estoy inquieta. A saber qué se dicen estos dos con ese lenguaje del que yo no sé nada. Esos sintagmas odoríferos, frases completas, párrafos, quién eres, qué haces en mi casa, por qué has venido, acaso piensas atacarme, soy una perra rara, soy un gato guapo.

Paso una toalla por el lomo de Perrita Country; le froto las orejas, el hocico, las patas, y se la llevo al Ujier, que la olfatea con detenimiento, ligeramente erizado. A ella le dejo la mantita de él, llena de pelos y, para mi olfato analfabeto, libre de todo olor. Perrita Country está tan nerviosa que apenas presta atención a la manta. Por su parte,

el Ujier, con actitud aristocrática, se retira reculando, ladeado, dando a entender que ya ha olido suficiente, que no puede más.

Perrita Country da vueltas por el salón, explora el terreno. Se aproxima con cautela a la puerta, con el hocico pegado a la rendija inferior y las orejas tensas, en estado de alerta. Al otro lado, el Ujier sigue llamando a la oración sin que nadie obedezca. Sin duda está asustado. ¿Qué clase de monstruo se esconde ahí mismo, tras la puerta? ¿Qué tipo de broma pesada le estoy gastando?

Por la tarde, saco a pasear a Perrita Country. Noto enseguida su felicidad por salir de la casa. Sin duda, pienso, quiere huir de ahí, y eso me entristece. Tomo café con Victorpe, que la observa a ratos, un tanto —me parece— desconfiado. Perrita Country jadea demasiado, tiene el hocico seco, su alteración se sale de lo normal, da la impresión de ser vieja —más todavía de lo previsto— o quizá su enfermedad es más grave de lo que me dijeron. Contándole a Victorpe los avances del día, mi entusiasmo se desinfla, y me asolan las dudas. ¿A cuento de qué meterme en estos líos? Ni el Ujier ni Perrita Country parecen ganar nada con mi capricho. Victorpe siempre me ha acusado de cabezota e irresponsable. Esta vez, generosamente, calla.

SEGUNDO DÍA. POR FIN VAN A VERSE LAS CARAS. ME ACONSEJAN QUE a ella la mantenga atada por si acaso. ¿Por qué a ella? ¿No debería atarlos a los dos? ¿Y si es el Ujier quien trata de cazarla, de darle alcance? ¿El gato tras el perro? ¿Por qué no?

Mientras le pongo el arnés y la correa, Perrita Country alza la mirada, sus largas y espesas pestañas, como si preguntara: ¿qué es lo que viene ahora?

Abro la puerta bajo la sensación de que, de un momento a otro, irrumpirá en el salón un toro bravo y que nosotras tendremos que saltar a la barrera para salvar el pellejo. Pero el Ujier primero asoma las orejas, después la cabecita y, por último, entra con lentitud, atemorizado, curioso, el cuerpo arqueado, las pupilas enormes, precavido. Se miran fijamente. Un duelo de miradas en toda regla, pienso con el corazón en vilo. ¿Clint Eastwood y Lee Van Cleef en *La muerte tenía un precio*? ¿Keith Carradine y Harvey Keitel en *Los duelistas*? No, no, nada de eso. Aunque a mí me parece larguísima, la mirada cruzada ha debido de durar tan solo unos segundos, un segundo, medio segundo. Perrita Country baja la cabeza en muestra de sumisión, mientras el Ujier se aproxima. Quiere verla de cerca, haciendo acopio de todo su aplomo. Lo conozco muy bien, conozco esa manera de avanzar, de posar las patitas con cautela, con la barriga casi a ras de suelo. Los latidos se me aceleran tanto que es imposible que ellos no lo noten.

Pero ¿por qué tengo tanto miedo, si lo que estoy viendo no me da argumentos para tenerlo? Tanto el Ujier como Perrita Country están en son de paz; ella más apocada, él más fisgón, pero sin agresividad en ningún caso. No hay ladridos, no hay lomos erizados, no hay saltos a traición ni mostración de dientes ni gruñidos. ¿A qué viene entonces tanto temor, tantas prevenciones? ¿Por qué pesa siempre más lo leído, lo escuchado, lo una y mil veces repetido, lo fijado por la no siempre sabia sabiduría popular —*llevarse como el perro y el gato; el perro y al gato nunca en el mismo plato*— que la experiencia propia, que lo que estoy viendo ahora mismo con mis propios ojos?

El Ujier está ya a unos centímetros de Perrita Country. Arruga su naricilla rosa, olisquea un poco más y después se da la vuelta, parsimonioso y solemne, fingiendo indiferencia.

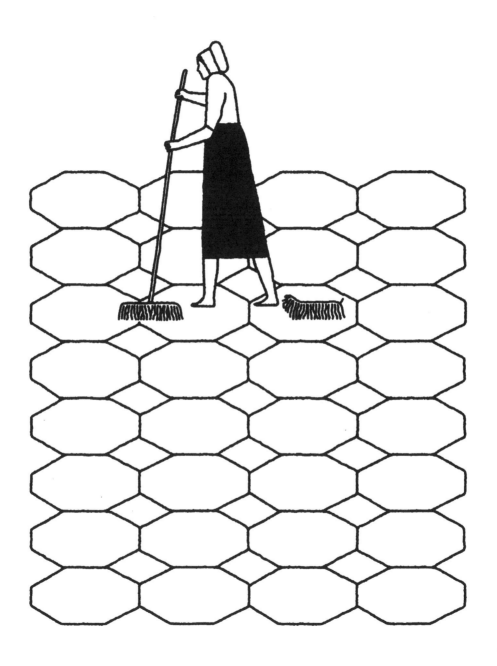

Lo siguiente que hago es dividir la casa en dos partes. La de Perrita Country solo comprende el salón, donde me siento a repasar cuadernos escolares mientras la vigilo, tratando de no intimidarla. La del Ujier, en cambio, ocupa todo el resto, patio incluido. Podría pensarse —de hecho, yo lo pienso— que el reparto es injusto por desproporcionado —Perrita Country es unas tres veces más grande que el Ujier—, pero debe tenerse en cuenta que antes el Ujier contaba con la casa entera —es decir, ha salido perdiendo—, mientras que Perrita Country vivía en la jaula de un refugio con otros dos perros —es decir, ha salido ganando—, de modo que me digo: vayamos poco a poco.

A veces les permito que se vean, aunque puede que el término adecuado no sea *permitir*, como si yo diera el consentimiento a un deseo de ellos, porque no sé si quieren verse o si prefieren seguir así, cada uno en su sitio, sin mezclarse. Quizá cuando dejo que se vean, lo que hago, sin pretenderlo, es obligarlos. Quizá me arriesgo. Quizá consiento. Quizá avanzo o quizá retrocedo. No es fácil saberlo. El Ujier mantiene su expresión perpleja y escandalizada, pero después de todo, ¿no es esa su expresión habitual, la misma que despliega ante una cosa tan nimia como, pongamos, un mosquito, un cachito de cuerda, una canica que rueda? Por su parte, Perrita Country no se desprende de su mirada dulce y temerosa y baja las largas pestañas ante cualquier pequeño acontecimiento, sea el Ujier acercándose, sea un comedero nuevo, un peluche, otro perro que se cruza en la calle o la infame musiquita de la lavadora cuando acaba la colada —no sé desactivarla—.

Una mañana, al irme a trabajar, olvido cerrar la puerta del salón. Me doy cuenta a mitad de una clase, con el mapamundi extendido sobre la pizarra y los niños turnándose para cantar mares y océanos. Me invento una excusa, salgo volando con el corazón en vilo, imaginando heridas, sangre, la casa destrozada por las persecuciones. Pero al abrir me encuentro a Perrita Country en su cesta, en su lugar de siempre. El Ujier baja las escaleras desperezándose. Como si nada.

¿QUÉ PIENSAN EL UNO DE LA OTRA, LA OTRA DEL UNO? SALVO CUANDO era cachorro —y de eso hace mucho—, el Ujier jamás ha visto a un gato, si descontamos los gatos callejeros que observa desde la ventana, una experiencia tan poco real como la de quien mira en la televisión los ñúes en el Serengueti. Sin conocimiento del mundo exterior, encerrado en su cueva, ¿cómo califica entonces a Perrita Country? ¿Como un gran gato estrafalario? ¿Una tía mayor a quien he acogido porque se ha quedado viuda? ¿Una hermana pródiga?

¿Y en el caso de Perrita Country? ¿Cómo considera ella —mucho más experimentada en la vida y sus penurias— al Ujier? Cuando durante algún paseo hemos visto de lejos un gato se ha puesto en actitud de caza, con una pata levantada, las orejas alzadas y la mirada atenta. ¿Por qué jamás hace eso con el Ujier? ¿Piensa que, en el fondo, no es un verdadero gato, sino un pequeño perro extravagante digno de respeto? ¿O que es un gato que goza de protección especial y que sería un delito perseguirlo? ¿O que es su hermano, su amigo, uno de los cachorros que le arrebataron al poco de nacer, que ha crecido en su ausencia y con el que ahora, al fin, se ha reencontrado?

ME HE CONVERTIDO EN UNA OBSERVADORA METÓDICA Y APLICADA. Descuido mis tareas de maestra —improviso, desbarro—, apenas me ocupo de la casa —el polvo se acumula sobre los libros, los cristales están sucios y el suelo pegajoso, todavía hay cajas de mudanza que no he desembalado—, pero dedico todo el tiempo del mundo a registrar los movimientos del Ujier y de Perrita Country, cualquier cambio, cualquier avance, el modo en que ambos van ganando terreno, con suavidad, paulatinamente.

Como ya no hay puertas cerradas, Perrita Country se atreve a pasear por la cocina y por el patio, lenta y vacilante, como pidiendo permiso a cada paso. Por su parte, el Ujier ha decidido que ya es hora de reconquistar el salón y entra con los gruesos bigotazos temblándole —¿de indignación, de emoción, de sorpresa?—, da una ronda rápida como un sargento supervisando a su tropa y se marcha satisfecho. Así que, bien por las incursiones de ella o por las de él, se multiplican los encuentros. Veo cómo a veces ella se aparta, cómo a veces se aparta él, cómo se cruzan rapidito para ni siquiera rozarse, cómo fingen no verse, cómo dan rodeos, cómo Perrita Country mastica la comida de él y se la acaba en un santiamén. ¿Cómo? ¿Perrita Country comiéndose lo que no es suyo? ¿Perrita Country vulnerando una norma sagrada? ¡No, no, no!, le digo con un dedo en alto. Ella me mira con estupor, apenada. El Ujier maúlla y camina haciendo ochos en gesto de protesta.

No había anticipado los problemas que podrían surgir con la comida. Perrita Country es un saco sin fondo, comería hasta reventar, mientras que el Ujier es mucho más selecto o, como diría Victorpe, más *delicado*. A Perrita Country, *basta* como ella sola, hay que racionarle el pienso; el Ujier, en cambio, tiene barra libre, pero exige disponibilidad continua —para él, ver su comedero sin bolitas, o con pocas bolitas, es señal de un apocalipsis inmediato—.

Para que Perrita Country no coma lo que no debe, coloco la comida del Ujier en el lavadero y pongo una cancela protectora por donde él puede colarse pero Perrita Country no.

Sin embargo, el Ujier no muestra el más mínimo interés por el pienso de ella e incluso respeta su bebedero, cuando es bien conocida la tendencia felina a beber en los lugares más inverosímiles, por ejemplo: las macetas anegadas, el cubo de la fregona —incluso con jabón— o la taza del váter.

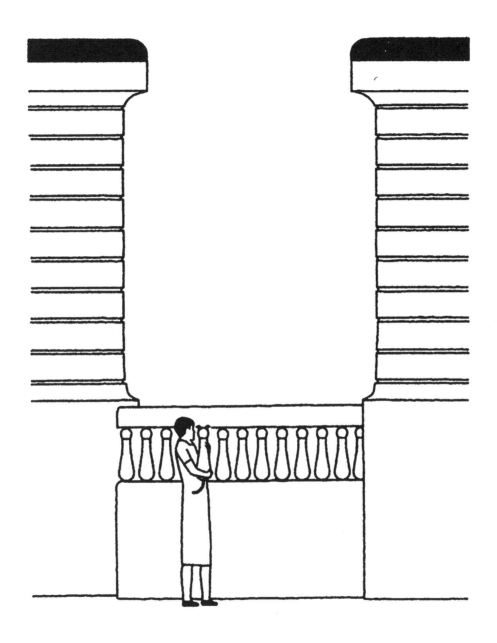

VICTORPE ADORA LA ROPA, LOS TEJIDOS. SU PADRE FUE SASTRE Y A ÉL SE le llena la boca de terminología: patrón, bies y deslustre, muescas e hilvanado, burros y escuadras. Distingue la calidad de una prenda a dos kilómetros y si es de seda morera o de lana merina o de algodón de la India o lo que sea. Yo me burlo de él, le digo que parece una caricatura y que es un pesado. Él, para devolver el golpe, se mete con mi pésimo gusto, mi tendencia enfermiza a combinar estampados con estampados —a cual más feo, dice—, colores que no pegan ni con cola, por no hablar de mi absoluto desdén por los complementos, lo cual revela, según él, una clara predisposición hacia el aburrimiento, la pereza y la cobardía.

Sin embargo, yo sería incapaz de decirle lo mal que le quedan sus pantalones de cuadros por detrás, con el paño arrugándose en la base del culo. Sería incapaz de mofarme de su caligrafía de niña —esos ridículos círculos para marcar los puntos de las íes— o del ruidito que hace con la garganta cuando se pone nervioso —gasp, gasp, como si buscara tragar sin conseguirlo—. Su pañuelo favorito, que se anuda al cuello para las ocasiones, me resulta espantoso, pero merecería morir por deslealtad si algún día se lo digo, como cuando se afeita mal y se deja rosetones de pelo en las mejillas.

Del mismo modo, deduzco que hay cosas mías que no le agradan, que le sacan de sus casillas, le dan coraje o incluso asco, pero que calla amorosamente, por respeto.

También ocurre, al menos con cierta frecuencia, que lo que a él le produce alegría o satisfacción a mí me da un poco de rabia, y viceversa. Si él tiene, por ejemplo, una buena noticia —la reconciliación con un amigo o un viaje inesperado—, yo me alegro, pero mi alegría tiene también una veta gris, queda manchada. Y si a mí, por ejemplo, me está yendo mejor de lo que esperaba en cualquier asunto del que él no forme parte, se alegra también, pero con reticencias. Esa veta gris mía, esas reticencias suyas, deben de ser hermanas de los celos.

Con la adopción de Perrita Country dice que no me confíe, me pone pegas. Las cosas no son tan fáciles como yo creo, no debería bajar la guardia. Si de un día para otro se fuerza a un gato a convivir con otro animal las consecuencias pueden ser nefastas, y enumera: caída del pelo, pérdida de apetito, irritabilidad, problemas digestivos, ansiedad, cardiopatías. Yo tomo sus advertencias como un ataque. ¿Desde cuándo se preocupa Victorpe por la salud del Ujier? Tengo la impresión de que le gustaría que sus vaticinios se cumplieran. No que pasara algo grave, nada que pudiera resultar doloroso o dramático, pero sí al menos un aviso para que mi felicidad se empañe un poco.

Paso la mano por el lomo del Ujier y la palma se me llena de pelos grises, negros, blancos, pardos, pero ¿son más o menos pelos que antes? ¿No ha soltado pelos el Ujier desde el primer día que llegó a casa? ¿No sale de él, cada semana, pelo suficiente para fabricar otros tres gatos? Comer sigue comiendo, exige sus bolitas de pienso con su lúgubre maullido lastimero. Me fijo en las cacas que hay en su arenero. Las voy contando según las saco con la pala. ¿Menos cacas que antes? ¿Más? ¿Bien de consistencia? ¿Bien de tamaño? Me detengo con la bolsa de basura en la mano, sintiéndome ridícula. ¿Desde cuándo me dedico a inspeccionar excrementos?

Le digo a Victorpe que es un mijita, un exagerado, un aguafiestas y un cascarrabias.

Pero no le digo lo que pienso: que está celoso.

El Ujier tiene permitido subirse a las mesas, tanto a la grande como a la pequeña, e incluso al escritorio, haya encima lo que haya, moleste o no moleste. Cuando estoy comiendo y él cree que nadie mira —pues *sabe disimular*— lame los restos de los platos e incluso roba alimentos que después desprecia, como un borde de *pizza*, un champiñón, una onza de chocolate o un pedazo de queso.

No solo se sube a las mesas: también al aparador, al sofá, a las sillas y sillones, a la cama, a la encimera de la cocina, a la lavadora cuando centrifuga —experiencia máxima—. Se mete en el lavabo y la bañera. Destroza el puf de mimbre. Monta fiestas solitarias con rollos de papel higiénico. Mordisquea las plantas y, si no son de su agrado, estampa las macetas contra el suelo.

Sería impensable que Perrita Country hiciera nada de esto. Si lo hiciera, ni yo misma dudaría en calificarla de *maleducada*. Pero el Ujier no es maleducado. Tampoco es *educado*. Esas consideraciones sociales no le aplican. El carácter de un gato está moldeado en una sola pieza, es imposible de modificar.

¿Existen privilegios en esta casa? Si existen, me digo, están bien distribuidos.

Perrita Country, por ejemplo, tiene el privilegio de salir a la calle y darse largos paseos, mientras que el Ujier está confinado en el interior y su única comunicación con «eso de ahí afuera» es a través de las ventanas, donde se asoma para fisgonear, día y noche.

Aunque, ¿querría el Ujier salir de casa? ¿O es feliz así, curioseando desde la barrera?

Desde ese punto de vista, el privilegio vuelve a ser suyo, porque él tiene la oportunidad de quedarse a sus anchas varias veces al día, sin vigilancia, disfrutando de la más pura y absoluta soledad, mientras que Perrita Country siempre ha de compartir la casa con él, jamás se queda sola.

¿Hemos alcanzado una convivencia pacífica gracias a la desigualdad y los privilegios? Miro al Ujier dormido al lado de Perrita Country, compartiendo el calor de la estufa pero sin tocarse, y me cuesta creer que sea el pequeño dictador que finge ser. No lo es. Tampoco lo es ella. Son dos naturalezas diferentes que tratan de entenderse sin invadir los dominios contrarios. Gran lección la que me dan estos dos: han conseguido aquello en lo que yo llevo toda la vida fracasando.

ME ACUERDO DE GARFIELD Y DE ODIE. NO ES QUE AQUÍ LAS COSAS sean idénticas, pero Jim Davis sabía de lo que hablaba: gato tragón y gordo vs perro servicial y feliz. A Garfield le molesta que Odie muestre siempre buen humor, que no se queje nunca, que todo le parezca perfecto, mientras él está siempre aburrido y somnoliento, siempre malhumorado y gruñón. Para Garfield, la sumisión de su compañero es sinónimo de simpleza y de estupidez —reconozcamos que Odie algo bobo sí que es—, le pone enfermo su buen-rollismo que —reconozcamos también— puede llegar a ser crispante. Pero en el fondo, y aunque jamás vaya a admitirlo, Odie es el mejor amigo —¡el único!— de Garfield, del mismo modo que Perrita Country es la mejor amiga —¡la única!— del Ujier.

EMPIEZO A ESCRIBIR UNA OBRA TEATRAL PROTAGONIZADA POR AMBOS. Pretendo construir una fábula sobre la incomunicación y la convivencia. Un diálogo filosófico entre personajes contrapuestos pero complementarios. Belarmino y Apolonio en versión animal. Los Bouvard y Pécuchet locales. Vladimir y Estragón esperando que yo regrese a casa.

Escribo fragmentos de este tipo:

EL UJIER *(Bostezando, lengua rizada)*: ¿Sabes dónde se ha ido?

PERRITA COUNTRY: Al trabajo, ¿no? Ella es maestra en un colegio.

EL UJIER: ¿Cómo estás tan segura? ¿La has visto dando clases? No puedes sacar conclusiones cuando careces de conocimiento empírico. Lo mismo está dándose un paseo por el parque. O se ha ido a la playa.

PERRITA COUNTRY *(Apoya la cabeza en su pata)*: Me llevaría.

EL UJIER: Eso crees, ¿no? ¿Acaso tienes pruebas de que exista ese colegio al que dice ir?

PERRITA COUNTRY *(Ojos húmedos)*: No.

EL UJIER *(Desperezándose)*: Ah, perra, cuánto tienes que aprender. Al principio todo son atenciones y caricias. Después, cuando dejas de ser una novedad, se acaban los caprichos y en cuanto te descuidas han metido otra mascota en la casa. Yo he vivido esa decadencia. Una degeneración del imperio en toda regla: la invasión del tercero, la ruptura de la relación social básica, otra vez más acuerdos roussonianos para mantener a raya el conflicto. ¿Crees que ella va a parar? Se está volviendo loca. Es la crisis de la mediana edad, le pasa a todas. Cualquier día aparece con un conejo, un loro o un macaco.

(*Perrita Country se queda preocupada. El Ujier se marcha con mucha ceremonia. Le encanta sembrar sospechas, malmeter. Ríe para sus adentros, malicioso*).

Le enseño algunos borradores a Victorpe. Los aprueba discretamente, pero sus comentarios suenan condescendientes, compasivos. Sigue intentándolo, dice, y luego me habla de unas bodegas que quiere visitar el fin de semana. ¿Me apetece acompañarle? Y me detalla la importancia de esas bodegas, como si nada.

Abandono el proyecto como abandono casi todos. Siento que lo que he escrito resulta injusto.

Como si los mirara a los dos desde arriba. Como si solo fueran fantoches a mis órdenes.

TAMBIÉN LES PIDO A MIS ALUMNOS QUE ESCRIBAN SOBRE SUS MAS-
cotas. Gatos, perros, hámsters o conejos, cotorras o canarios, lo
que tengan. Quiero saber cómo los observan, qué conclusiones sacan de sus observaciones. Algunos me dicen: no tenemos mascotas. Inventadlas, les digo, pero se sienten en desventaja frente a los
otros, tratando de imaginar trastadas de perros y de gatos ficciona-
les. Les preguntan a sus compañeros, los que sí tienen mascotas, se
inspiran en lo que ellos les cuentan, anécdotas de segunda clase, las
sobras. Les digo: ya que estáis inventando, ¿por qué no inventáis a
lo grande, por qué no escogéis animales más raros: tejones, mapa-
ches, ositos panda, leones y tucanes, monitos azules? ¡No se puede
tener un león de mascota!, dice uno. ¡Ni un oso panda!, dice otra.
Una tercera —repipi, enteradilla— protesta: tener esos animales
como mascotas es ilegal, está prohibido con multas muy gordas e
incluso con penas de cárcel. Da igual, les digo, son redacciones escolares, no pueden meter a nadie en la cárcel por eso. Los niños se
aplican con más o menos interés, más o menos desgana. Escucho
el roce de los lápices en el papel, trabajoso y lento. Mis alumnos
tienen pocos años. Ocho o nueve, ahora mismo, cuando acabe el
curso algunos ya habrán cumplido diez. Dicen que nadie les ha
mandado nunca hacer redacciones, que ellos rellenan fichas y ya.
Les prometo que después del recreo haremos fichas pero que ahora, de momento, redacciones. Me las entregan antes de que suene
el timbre. La mayoría solo llegan a un párrafo, cinco o seis líneas
garrapateadas con esfuerzo. Las leo con avidez.

¿En qué se fijan los niños? En los actos de desobediencia y de osadía: el día en que el gato se escapó, en que el perro se cagó en la alfombra, en que el lorito dijo un taco en presencia de la tía beata que estaba de visita. Hay un mapache que roba el anillo de mamá y un mono malo que le quita la peluca a la abuela y se rasca el culo. Las conductas habituales —comer, dormir, asomarse a la ventana, subir o bajar las escaleras, cruzar las puertas o estirarse— no constituyen objeto de atención ni de interés. En las descripciones físicas predominan anotaciones sobre el pelaje, el color de los ojos, el tamaño y tipo de las uñas, la longitud del rabo. Nadie habla de la humedad de las narices ni de la sequedad de las lenguas. Nadie habla de osos ni de leones y en el capítulo de la invención de mascotas, salvo el mencionado mapache y el mono malo, todos optan por ser conservadores. A todos les doy la misma nota: un 10.

No me ponen una multa ni mucho menos me amenazan con penas de cárcel, pero recibo multitud de quejas los días siguientes, por parte de las madres y los padres y también por parte de algunos compañeros del colegio, maestros como yo, y sobre todo maestras, que se alinean en el bando de los agraviados. Son quejas variadas en tono y forma pero podrían organizarse en cuatro grupos:

1. Las redacciones escolares son antipedagógicas, hace tiempo que se superaron como método de enseñanza.

2. He establecido diferencias entre los niños que tienen animales y los que no, como si fuesen de primera o segunda categoría.

3. He inoculado en los niños la idea de que los animales solo son mascotas, incluso los animales salvajes y protegidos por la ley.

4. No he premiado el esfuerzo: ponerles a todos la misma nota es, además de injusto, una muestra de mi pereza e incapacidad como evaluadora.

Nunca sabré el pasado de Perrita Country. Al principio quise indagar, pregunté en el refugio, pero había tantas versiones, tanta confusión debida a la gran cantidad de perros que tienen y han tenido, que me di por vencida. Según una de estas versiones, la encontraron abandonada en un pueblo de la campiña. Según otra, unos cazadores la tenían encerrada solo para parir por ser perra de caza fallida, errónea, incapaz de cazar pero sí de procrear. Que ha sido maltratada es algo seguro, pero ignoro cómo, por quién, cuánto tiempo duró ese maltrato. Tardó mucho en fiarse de los hombres y a día de hoy sigue prefiriendo a las mujeres, pero todavía se aparta cuando me ve coger la escoba y hay puertas que se niega a cruzar de puro miedo. ¿Cuántos dueños ha tenido, en cuántas casas ha vivido, cuántas camadas ha parido? ¿Cómo se las apañó para sobrevivir, dónde buscaba la comida cuando estaba hambrienta, en qué momento y de qué manera contrajo su enfermedad? ¿A quién quiso antes que a mí? ¿Se perdió y la estuvieron buscando? ¿Alguien la echa, o la ha echado, de menos? ¿Quién la ayudó cuando estuvo sola? ¿Tiene recuerdos?

A menudo sueña. Mueve las patas como si corriera. Gime y lloriquea. Trata de ladrar, ahogadamente. Lo que le sale es una especie de blurb blurb en parte cómico y en parte enternecedor. Sus sueños nunca son apacibles. La despierto con suavidad, abre los ojos sin verme y vuelve a dormirse.

Esa mirada de tristeza, inesperada, que a veces lanza sin motivo aparente, ¿a qué se debe?

Si supiera su pasado, si pudiera ver, como quien ve una película, toda su historia secuencia a secuencia, plano a plano, sus dos años o sus cinco años o los años que ya va acumulando, ¿serviría para algo? Los juicios que yo haría al respecto, mis impresiones, ¿coincidirían con los de ella? Lo que yo considerara duro o injusto, ¿cómo lo calificaría ella?

Solo en el caso de que hablara —de que hablara con el lenguaje verbal articulado de los humanos—, yo podría entenderla, y ni siquiera eso está muy claro, dado que no entiendo a muchas personas que me rodean y ellas a mí tampoco, como ocurre con la maestras del colegio donde trabajo o con mis mismos vecinos. Así que la imposibilidad de comprensión entre nosotras radica no tanto en desconocer los hechos, no tanto en el no saber *factual*, como en una ignorancia de otra naturaleza. Ella habla, pero yo no la oigo.

Pero del mismo modo, me digo, debe de haber un conocimiento que no tiene relación con los hechos, una comunicación hecha de otra materia o, mejor dicho, hecha *sin materia*, escurridiza y voluble: el hilo que se tiende entre sus ojos y los míos cuando olvido la pretensión de entenderla y simplemente la miro, nos miramos.

DEL UJIER, EN PRINCIPIO, LO SÉ CASI TODO Y, AL MISMO TIEMPO, NO SÉ nada. Una chica italiana lo recogió de la calle Doña María Coronel una noche de lluvia, cuando tenía unos dos meses. Se había refugiado bajo un coche con su hermana. Ella cojeaba, él —pobrecito mío— tenía la nariz quemada por el tubo de escape. Estaban hambrientos y asustados. Es muy posible que su madre fuese una de las gatas del convento de Santa Inés, que está en esa misma calle, o de los jardines del Palacio de Las Dueñas, un poco más arriba. ¿Se perdieron, se desorientaron en una excursión, los echaron al llegar el momento del destete, abandonados por ser ya demasiados gatos en jardines tan regios? Si es como imagino, sus orígenes son nobles, de estamentos respetados, mientras que los de Perrita Country son, sin discusión, proletarios.

La italiana se quedó con la gatita y yo me lo llevé a él metido en un bolsillo del abrigo con la idea de buscarle dueño más adelante. Protegido por fin del frío y de la lluvia, se acurrucó como un bebé, se hizo una bolita y se quedó dormido de inmediato. El calor que desprendía se coló a través del bolsillo del abrigo, pasó por el jersey y la camiseta y llegó directo hasta mi piel. Sentí su tibieza y su desprotección. Todos mis planes se derritieron gracias a ese calorcito y supe que me lo quedaría para siempre.

Desde ese día, lo he visto crecer, desarrollar sus hábitos y manías. Se diría que no tiene secretos para mí. Pero cuando lo miro, me topo con el mismo enorme y turbador misterio. ¿Qué sé yo de él? ¿Qué

siente, qué piensa, qué necesita, qué desea? ¿Por qué a veces se queda mirando al vacío y maúlla como si viera algo que yo no soy capaz de ver? ¿Por qué se mueve a un sitio, y luego a otro, como si fuera a pasar algo y luego, aparentemente, no pasa nada?

A menudo se sienta, se pliega y mira en derredor con extrañeza, como si no reconociera la casa. ¿Recuerda el piso anterior a la mudanza, el balcón enrejado, la vista hacia la plaza de naranjos? ¿Echa de menos al canario vecino, los fandangos del 3.º D, las peleas del 4.º A? ¿Echa de menos a...?

Ella tiene: Dos cestas (una nueva y una vieja), comedero y bebedero, arnés y correa, chubasquero, mantita para el frío (con estampado de gatos), cinturón de seguridad para el coche, un collar con mi teléfono grabado en un hueso de metal, pañuelo para el cuello (tipo badana, nunca se lo pongo), varios peluches que destroza con saña, un kong (juguete de plástico donde se mete comida).

Él tiene: Un arenero, comedero y bebedero, un transportín que nunca usa porque nunca sale, un único juguete que le vuelve loco (una caña larga con un ratón de cuerda y plumas como cebo).

Yo tengo: Muchísimas cosas, demasiadas cosas. Un puesto de trabajo en un colegio. Una casa alquilada. Un pasado deshonroso. Un amigo que se llama Victorpe. Una perra. Un gato.

DUERMO, PERO UNA PARTE DE MI CONCIENCIA CONTINÚA DESPIERTA. Oigo un clap clap ligero: es el Ujier que sube. Abro la puerta y vuelvo a cerrarla (hace frío para dejarla abierta). Oigo un clap clap pesado: es Perrita Country. Abro la puerta y vuelvo a cerrarla. Maullido de protesta. Abro la puerta, sale el Ujier, vuelvo a cerrarla. Clap clap ligero. Poco después, otro clap clap ligero. Abro la puerta, entra el Ujier, sale Perrita Country, dejo abierta la puerta (ya me da igual el frío, quiero dormir). Clap clap pesado. Blap blap blap blap (Perrita Country bebe en la cocina). Clap clap pesado. Blurb blurb (Perrita Country sueña). Clap clap ligero.

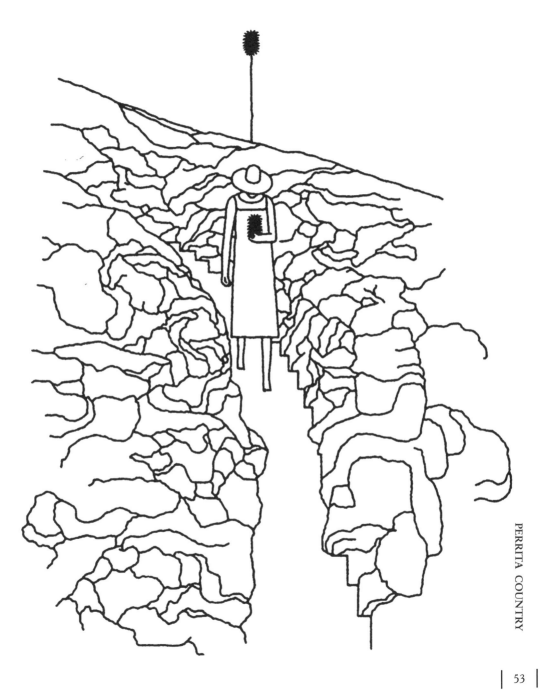

No lejos de mi casa hay un pequeño parque con ciruelos japoneses, aligustres, jacarandas y olivos. A Perrita Country le encanta ese parque. Adora rebozarse en el albero y llenarse las orejas de flores, pero solo lo hace cuando estamos a solas. En presencia de otros perros se abstiene, intimidada, como si no estuviese autorizada a ser feliz. Se echa a un lado y se queda muy quieta, pegada a mis piernas.

Cuánto nos parecemos Perrita Country y yo es una idea a la que ahora doy muchas vueltas. Victorpe se echa las manos a la cabeza cuando se lo digo, aunque no sé la verdadera razón de su reacción. ¿Es porque también ha notado el parecido? ¿O porque lo considera un disparate?

Estamos en el parque, detrás de unas adelfas, sitiadas por un bóxer y un pointer. El bóxer se esfuerza por lamerme la cara echándose encima con las patas en alto y esta supuesta bienvenida, al parecer, tiene que hacerme gracia, según deduzco por las risas de su dueña, que contempla la escena sin intervenir. El pointer, excitado, olisquea a Perrita Country, todavía clavada en su sitio, el culo en tierra firme y la cabeza gacha.

—Vámonos —le digo, pero la dueña del bóxer interviene.

—Si no la obligas, nunca va a socializar. Tiene que acostumbrarse.

Socializar. Detesto esa palabra. Antes decíamos *hacer amigos, juntarse, arrejuntarse.* Y aun así, respondo:

—Ya ha *socializado* bastante. Ese es justo el problema.

La mujer me mira con compasión. La compasión de La Experta.

—Una mala experiencia no tiene por qué marcar toda una vida —dice—. Hay que vencer el trauma.

Me hace un sitio en el banco donde está sentada. Incapaz de rechazar la invitación, me siento apoyando solo un glúteo.

La mujer, con tono didáctico, me explica varias cosas sobre traumas caninos y trastornos de conducta. Ella es una Experta porque tuvo que *reeducar* por completo a su perro, que rescató, al igual que yo a Perrita Country, de un refugio. Al principio, me cuenta, no se lo podía ni tocar y ahora —lo llama para mostrármelo: «¡ven, Charlie!»—, destaca por su viveza y su *sociabilidad*. Ordena a Charlie que haga monerías —dar la patita, sentarse, hacer la croqueta, traerle el palito y toda una sucesión circense de habilidades— para demostrarme cuánto ha mejorado su Obra. Los logros de su Obra son, sin duda, logros suyos, de la Experta. Ahora, generosa, se siente en la obligación de compartir estos logros con el mundo. En su afán mesiánico, me clava la mirada y me somete a un interrogatorio que respondo punto por punto, mintiendo donde lo creo necesario. ¿Qué alimentación doy a mi perra? ¿Con qué frecuencia la saco de paseo y durante cuánto tiempo? ¿Le riño si ladra? ¿Trato de *estimularla* con *técnicas de adiestramiento*? ¿Mi perra le tiene miedo a los petardos? ¿Se lame compulsivamente las patas o da vueltas sobre sí misma para morderse el rabo? ¿Destroza su cesta en mi ausencia? ¿Permito que se suba al sofá?

¿Permito que se suba al sofá? De esta no me sé la respuesta correcta. ¿Es *permisible* o no? Titubeo, ya solo con un tercio del glúteo en el banco.

Pero en vez de mostrar a las claras mi incomodidad, la realidad innegable de que esa mujer me está haciendo perder el tiempo, respondo con suma amabilidad y me despido alegando una excusa, como pidiendo perdón por la descortesía.

No volveré a entrar en ese parque mientras haya otros perros, en especial cuando esté Charlie, el bóxer, pobre Charlie.

OTRO DÍA, PASANDO POR DELANTE DEL BAR ESTANCO, UN HOMBRE señala a Perrita Country con la cabeza y sentencia:

—Esa perra es de caza.

No es la primera vez que me sucede. Suelen decírmelo hombres mayores, o al menos mayores que yo, hombres del barrio en el que vivo ahora y en el que ellos llevan viviendo toda la vida, vecinos con ganas de entablar conversación, amantes de los perros de caza y, sobre todo, amantes de la caza. Pero esta vez el hombre —achaparrado, colorado, ronco— se muestra contrariado, como si yo estuviera desaprovechando a la perra por no echarla a cazar y, por tanto, no fuese digna de ella. Me mira de arriba a abajo con disgusto. Noto cómo toma sus datos y emite un juicio sobre mí.

—No es una perra para pasear —dice luego.

Su sonrisa sardónica contiene una censura como una casa.

—Hay que dejarla suelta, no es para ir con correa —continúa.

Y luego, ya, enfadado:

—No es una mascota.

Yo le doy las gracias, aunque bien pensado ¿las gracias por qué? ¿Por su revelación, por su advertencia? ¿Por el simple hecho de dejarme marchar sin lapidarme?

Esto es así, un continuo. Si vas con un perro, muchas personas se sienten con el derecho a aconsejarte o incluso a cuestionarte. Otras creen que, por el hecho de tener también un perro, ya han establecido un lazo de unión al que estás obligada a responder. Si los perros se paran a saludarse, una tiene que saludar también, intercambiar elogios y comentarios orgullosos, anécdotas, como si los perros fuesen bebés y sus dueños, todos sus dueños, formasen parte de una comunidad.

Otras personas, al verme pasear con la perra a menudo, es decir, por verme con una perra y no con una niña o un niño de la mano, deducen que no tengo hijos y me compadecen. A un perro se le quiere tanto como a un hijo, me dicen, pero yo noto que me lo dicen con lástima, como para consolarme con lo que creen una sustitución. Después me hablan de la lealtad de los perros, que es indestructible, y de cómo son mucho mejores que los gatos —¡y que las personas!— en esto de las fidelidades. Yo asiento, no discuto, me escabullo.

Pero la furia va formando mantito en mi interior, capa a capa.

Siento tras de mí al fantasma de J. R. Ackerley, misántropo por excelencia, que también adoraba a su perra Queenie —Tulip en la ficción—, hasta el punto de malcriarla y pasar sus derechos por encima de quienes le rodeaban, amigos íntimos incluidos. Él no hubiese aguantado ni la mitad de la mitad de la mitad de lo que aguanto yo.

Aunque tendría que matizar que Queenie era un pastor alsaciano de cuarenta kilos mientras que Perrita Country es una bretona mestiza de quince hermosos kilos que no cazan.

Otro matiz importante es que Ackerley era un señor por los cuatro costados, un intelectual de tomo y lomo con un alto concepto de sí mismo, mientras que yo soy... ni siquiera sé bien lo que yo soy.

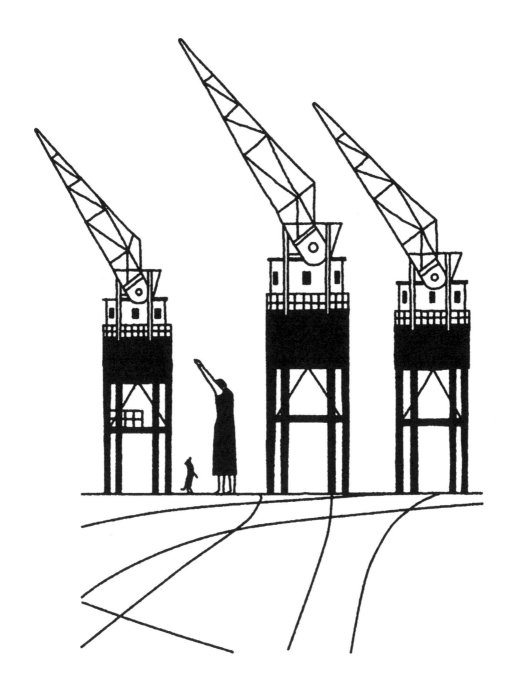

PERRITA COUNTRY NO LADRA. NO SÉ POR QUÉ TARDÉ TANTO EN darme cuenta, porque es muy llamativo: nunca, bajo ninguna circunstancia, ladra. Victorpe dice que podría ser muda, pero yo jamás he oído que existan perros mudos.

—Qué tontería —digo.

Él se ofende.

—¿Qué pasa? ¿Ahora lo sabes todo sobre perros?

Se sienta al lado del Ujier y le acaricia las orejas, el cuello.

—¿Te das cuenta, amigo? —se queja—. Ya no nos quiere.

No me hace gracia su actitud sarcástica. Le sugiero que se busque un novio pronto. Lo noto malhumorado, suspicaz todo el tiempo. ¿Por qué no te lo buscas tú?, responde. Porque no me hace falta, digo. ¿Qué te hace pensar que me hace falta a mí?, dice.

Con frecuencia nos enroscamos en este tipo de ataques. Tanto que cuando no nos ocurre, quiero decir, cuando solo nos sentamos y conversamos tranquilos y a media voz, es como si nos faltara algo. A menudo nos quedamos callados sin encontrar temas de los que hablar. Entonces miramos al Ujier o a Perrita Country y comentamos lo que hacen o especulamos sobre lo que sienten.

Ahora, estirada en su cesta, Perrita Country sueña. No es un sueño plácido. En tensión, emite unos sonidos inclasificables y ahogados, su típico blurb blurb acompañado del movimiento de las patas, como cuando uno grita en sueños pero en la realidad —o en lo que llamamos *realidad*— solo gimotea. Quizá sueña que caza. Quizá que la persiguen.

—¿Ves? No es muda.

Victorpe no contesta. Sigue rumiando su enfado.

—Pues podías despertarla. Parece estar sufriendo.

Lo hago. Ella mira en derredor, aturdida. Entonces, como si fuese a propósito, hace otro sonido graciosísimo al bostezar, largo y agudo, fuerte, incluso desproporcionado a su tamaño. Hasta ella misma se queda sorprendida al terminar. Sacude la cabeza y las orejas le bailan en el intento de alejar el ruido. Baja la mirada avergonzada.

—No es muda —insisto.

—Pero es porque son cuerdas vocales diferentes.

—¿Cómo lo sabes?

Victorpe está tecleando en su móvil con el ceño fruncido y el Ujier —ahora su aliado— acomodado sobre las rodillas. Ahá, dice cuando encuentra lo que quiere. Sus ojos recorren la pantalla con rapidez, todavía sin soltar prenda. Alza las cejas. La expresión le cambia, las pupilas se le dilatan. Parece un loco.

—¿Qué pasa?

Traga saliva y dice que, por desgracia, y al menos en parte, tiene razón: no todos los sonidos que hacen los perros se emiten desde el mismo lugar. ¿La prueba? Que aquellos a los que les cortan las cuerdas vocales para que no ladren, a pesar de esa espantosa mutilación, lloriquean, gimen y gañen. No pueden gruñir. Ni aullar. Ni ladrar. Son incapaces de producir sonidos incómodos, molestos, *malos*. Solo sonidos *buenos*, suaves, flojos. Como si a una persona no se le permitiese gritar ni reír ni decir tacos ni eructar, se cercenara su derecho a ser maleducada y ruidosa y se le obligara, a cambio, a la sumisión y la mansedumbre eternas.

La posibilidad de que a Perrita Country le cortaran las cuerdas vocales en el pasado, al igual que le cortaron el rabo, me aterra. ¿Cómo saberlo?

—Puedes preguntar al veterinario —dice Victorpe en voz baja, ya sin resentimiento.

Pero creo que prefiero no saberlo.

Ese dolor añadido para qué.

LOS MOVIMIENTOS DEL UJIER SON LENTOS, CEREMONIOSOS, NO SIEMPRE infalibles. Se sube a los muebles y se desliza entre los objetos haciendo eses. Con el rabo erguido, el ojete impoluto, avanza como un coche de choque con su antena, aunque sin luces ni sirenas. A veces parece a punto de tropezar con algo, de tirar algo o romper algo, pero milagrosamente el equilibrio se recompone tras su paso y todo queda igual a como estaba. Cuando deja caer cosas al suelo y las rompe, yo no descartaría que sea queriendo, en castigo por algo que he hecho o dicho y que le ha molestado muchísimo, o en castigo por mi mera existencia. No me preocupan las pilas de libros —que puede derribar pero no estropear—, pero sí mi colección de figuras de porcelana y las pequeñas macetas de barro y de loza, con sus plantas, a cuyas hojas da bocaditos mirándome de reojo. ¿Por qué da esos paseos entre mis cosas? ¿Forma parte de un juego suyo, de un desafío? ¿Qué ocasiona que algo que lleva ahí meses, y que jamás ha mirado antes, de pronto se convierta en objeto de atracción? ¿Por qué de repente da la vuelta, se baja de donde ha subido y pierde el interés? ¿Sus acciones son automáticas o están premeditadas?

Está en mitad del pasillo y se pasa allí toda la mañana. Por la tarde está en el mismo lugar, pero mirando hacia el otro lado. ¿Se cansó de mirar a una pared y ahora necesita mirar la contraria? ¿O hay otra razón más calculada, algo que tiene que ver con las corrientes de aire, por ejemplo, o con una tonalidad de luz que yo no capto? En ocasiones, sin motivo aparente, abre mucho los ojos, asustado, y desliza un larguísimo maullido, como queriendo decir algo que no entiendo, un aviso o una queja. Luego, lo que sea que ocurrió deja de ocurrir y él vuelve a su estado inicial de letargo.

Cuando está en un lugar por el que debo pasar o tumbado sobre algún objeto que necesito usar, por ejemplo cuando se sube al lavabo o cuando extiende las patas sobre el teclado de mi ordenador, me mira con fastidio si me acerco, como diciéndome: «¿Qué? ¿Vienes a molestar?». No sé si por intimidación o por pena, siempre aplazo el momento de echarlo. Como cuando me cuesta enfrentar un problema y doy largas.

ME SIENTO EN LA MESITA BAJA A TOMAR EL DESAYUNO. MIRÁNDOME sin decir nada, o diciéndolo todo, se colocan la una junto al otro, muy pegados aunque cada uno en su mundo, a un palmo de mí. Con su actitud —los ojos brillantes, las orejas levantadas, ni un solo pestañeo, ni un movimiento—, Perrita Country pide; el Ujier, en cambio, exige, y a veces hasta mete la zarpa donde no debe. Le doy un poco de jamón york a cada uno. Ella se traga su parte en un santiamén, visto y no visto, mientras el Ujier remolonea con la suya, dándole vueltas antes de masticarla con parsimonia para hacer rabiar a su compañera, a la que mira con el rabillo del ojo. Perrita Country acepta cualquier regalo, cualquier resto por mínimo que sea, cualquier pequeña molécula de sabor: pan, jamón, tortilla, yogur, fruta. El Ujier, en cambio, lo inspecciona todo con desdén y se ofende muchísimo si se le ofrece algo que no está fresco o que no cumple sus estrictos estándares de calidad.

Sé que sería más adecuado desayunar en la mesa alta y mantener aparte a estos dos, pero me resisto a renunciar al ritual de la mesita baja, el café, la tostada y la primera lectura del día antes de salir pitando para el colegio.

No lo considero un problema, por fastidioso o inadecuado que parezca, aunque una mujer, otra de las opinadoras espontáneas que brotan ahora por todos lados, me aseguró que era desaconsejable compartir la comida con las mascotas, compartir no solo la comida sino los espacios y los momentos de ingesta —dijo eso: *momentos de ingesta*—, lo cual me hizo sentir pillada en falta pero, a la vez, reafirmada por completo en esta conducta mía tan errónea.

De un día para otro, aquello que al Ujier le había gustado tantísimo —un tipo de comida, un rincón donde tomar el sol, un cojín o una manta—, le deja de gustar. Estuvo tres semanas colocándose en el sillón tapizado de colores, todas las mañanas de diez a dos, enroscado en la misma posición —con la cabeza hacia la ventana, las patitas plegadas y el rabo recogido— y ahora lo ha sustituido por el brazo izquierdo del sofá y nunca ya se pone en el sillón de colores, como si hubiera dejado de existir. Adoraba lamer la tapa del yogur, hasta que decidió que era asqueroso, pero se enganchó a la mayonesa, que luego acabó odiando para obsesionarse con el salmorejo. Durante un tiempo maullaba a eso de las cinco de la mañana, había que levantarse y ponerle agua limpia —aunque tuviera—, y solo con eso se callaba. Ahora maúlla a las siete y lo que quiere es que le abra la puerta del patio, aunque no sale. De su bebedero favorito —uno de metal, hondo, ruidoso cada vez que se mueve— dejó de beber a principios de verano. Si lo saco al patio, bebe. Dentro: no bebe.

Tal vez esta organización de costumbres y manías es su manera de medir el tiempo, que pauta con recuerdos. El mes que le dio por morder el aloe vera. El mes que se acostaba sobre mi cabeza. El mes que se metía por las tardes, de cinco a ocho, en la bañera. Siendo «mes», en su caso, una cantidad indeterminada de tiempo no necesariamente de treinta días.

Vista desde esta perspectiva, la irrupción de Perrita Country en su vida debió de suponer para él un cambio de era.

Y SIN EMBARGO, UN DÍA LADRA. ES UN LADRIDO QUE NACE DE UN lugar atávico, desconocido. La alegría de saber que tiene sus cuerdas vocales intactas me impide atender al motivo del ladrido. Debería sentir miedo, pero no lo siento. Cuando más tarde se lo cuente a Victorpe me dirá —me reprochará—:

—¿Y no hiciste nada?

Pero ¿qué iba a hacer? Estaba paladeando el sabor del milagro —ese ladrido— cuando vi al hombre entrar con total tranquilidad en mi casa, con su propia llave en una mano y un maletín en la otra. Todavía quedaba un rescoldo de ladrido en la garganta de Perrita Country —se llama gruñido, claro, pero ¡no estoy acostumbrada!—, que se avivó y se transformó en un nuevo ladrido, en el segundo. Surgieron dientes que jamás antes vi, los belfos —qué descubrimiento— y una postura nueva de una agresividad inédita. La miré a ella y luego al hombre que acababa de entrar, al hombre sorprendido, asustado y avergonzado, calvo y pequeño, que reconocí de inmediato: el agente de la inmobiliaria. Cuando pareció entender lo que había ocurrido, se retrajo, pidió disculpas, se sonrojó. Perrita Country ya había vuelto a su antiguo ser y le movía el conato del rabo que no tiene. Sabía ya, con su saber ineluctable, que ese hombre era inofensivo.

Su entrada, le explico a Victorpe, fue a causa de un error. No habían consignado que la casa ya estaba alquilada y apareció para preparar una visita.

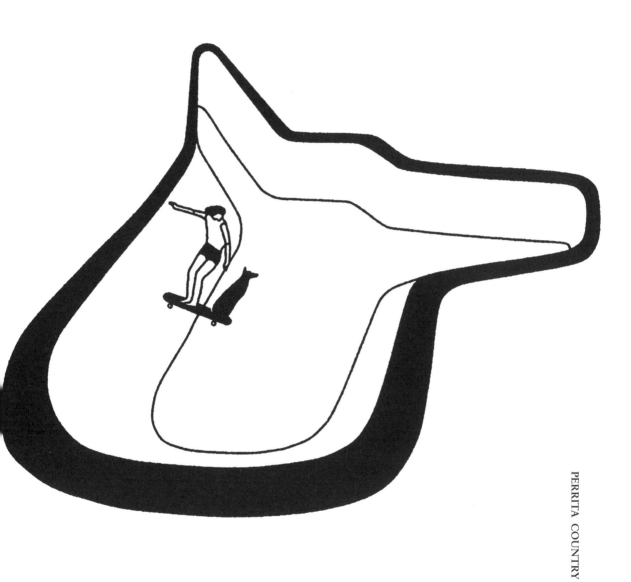

—Aun así, aun así —Victorpe da vueltas por el salón de un modo muy similar a como las da el Ujier: supervisando el equilibrio de los objetos, su orden exacto—, ¡no debería tener la llave!

—Claro que no. Ya te digo que fue un error.

Victorpe no comprende que sea tan indulgente cuando por norma general soy implacable. El hombre me dio pena, le digo, lo noté apuradísimo. Y luego estaba la sorpresa del ladrido, cuando Perrita Country escuchó la llave en la puerta, y también mi alegría. Solo quiero explicarle lo prodigioso de su comportamiento, la magia de su transformación.

—¿Y el gato? —pregunta—. ¿Qué hizo el gato?

—Lo de siempre. Subir por la escalera como alma que lleva el diablo y meterse bajo las mantas.

ELLA VIVE EL TIEMPO DE OTRA FORMA. SU TIEMPO ES EL DE LA espera; también, en cierto modo, el de la subordinación. No caza ni busca alimentos. No busca agua. No se plantea salir cuando le apetece. Simplemente espera. Espera a que llegue la hora de la comida, la hora del paseo, la hora de subir a acostarse en la cesta que coloqué junto a mi cama. Espera mis decisiones, espera a que sea yo quien cambie el estado de cosas. Cuando voy por la calle y me encuentro con algún conocido, se para conmigo y espera. Si me siento en una terraza a tomar un café, espera. Si la dejo en la puerta del restaurante chino, cuando entro a recoger el pedido de cada semana —adora el pan de gambas—, se tumba y espera.

También el Ujier, a su modo, espera. Se asoma por las ventanas de la planta alta y mira la calle, el descampado al frente, horas y horas. Si está solo, espera que volvamos. Nos ve llegar, espera que abramos la puerta. Luego baja, se estira, se coloca en el patio, observa a los pájaros, acecha a las salamanquesas. Espera que alguna se despiste para atraparla. Espera que una gota se forme en el extremo del grifo, que engrose, coja peso y caiga, para tratar en vano de cogerla al vuelo. Espera a la siguiente gota y a la siguiente. Espera que se haga de noche y que luego, otra vez, se haga de día.

Pero no esperan como esperaban los personajes de *Esperando a Godot*, con desesperación metafísica. Esperan y punto. Sin impaciencia, sin angustia, majestuosamente, con elegancia.

Así que te gustan los perros, ¿no?, suelen decirme ahora, con tonito. Y lo cierto es que no.

Cómo podría decir que me gustan los perros, así sin más.

Hay montones de perros que no me gustan. Los que son tan independientes que pasan por tu lado sin mirarte, altivos y a lo suyo. Los chihuahuas, histéricos y chillones, que te clavarían sus afiladísimos colmillos si pudieran, de pura ira. Los pastores alemanes, tan bellos y elegantes pero que odian a Perrita Country, cuando ella avanza con la cabeza gacha y sin decir ni mu. Los perros maleducados, que hostigan a los demás, que ladran a los niños, que se abalanzan contra ti sin el menor miramiento. Los que piden comida lloriqueando y se mean de los nervios al saludarte.

Desde que tengo a Perrita Country, soy mucho más selectiva con mis gustos. He aprendido a apreciar las diferencias.

Prefiero los perros feos a los guapos. Los chuchos a los de raza. Los grandotes a los pequeños. Si un perro se puede llevar en una mano, desconfío.

Llamadme exagerada: peores cosas pienso a veces de mis semejantes.

Según Victorpe, me vuelvo insoportable con los años. Una misántropa, dice, sin justificación alguna. ¿Y tú, y tú?, le digo.

¿Cómo se puede hablar de perros en general? Si amo a Perrita Country es por su singularidad. Deducir por ello que me gustan los perros, *todos los perros,* es como pensar que, porque una vez me enamoré de un hombre, me gustan *todos los hombres*. Nada más lejos de la realidad. Nada más lejos.

Sin embargo, la afirmación «me gustan los gatos», por tajante y simplificadora que sea, no me genera la más mínima duda.

Si me gustan los gatos, *todos los gatos*, es porque en todos ellos, más allá de su raza, tamaño o carácter, descubro rasgos del Ujier, gestos que me conmueven. Hay posturas, actitudes, reacciones universales que me hacen amar al pequeño y conocido Ujier que hay encerrado dentro de cada gato desconocido. Todos los gatos son hermanos entre sí y a su vez, todos ellos, primos de los demás felinos. En la televisión vi a un león recolocar las caderas acechando a un antílope igualito igualito que el Ujier cuando vigila una cucaracha antes de dar el salto mortal.

Los gatos empezaron a gustarme desde que llegó a mi vida el Ujier.

Los perros dejaron de gustarme desde que llegó a mi vida Perrita Country.

¿Los hombres? Me gustaron un tiempo y ahora no. Ahora, ni en pintura.

ME DEJO ENCENDIDO EL FUEGO, ABIERTO EL FRIGORÍFICO. OLVIDO las llaves dentro de casa y nunca encuentro el cargador del móvil cuando lo necesito. Pongo la lavadora y después la dejo sin tender un par de días. Se me caducan los alimentos. Siempre faltan café y huevos, aunque tengo la sensación de estar comprando café y huevos a cada momento. Un día me llevé el mando del televisor en el bolso y otro me eché leche solar en el pelo. Empiezo libros que ya he leído y películas que ya he visto y tardo demasiado en darme cuenta. A menudo es Victorpe quien me avisa, consternado por la suma de todos estos actos, que ve o que le cuento, a veces con seriedad, a veces entre risas. Pero nunca olvido darle a Perrita Country su pastilla matutina. Ni limpiar el arenero del Ujier, rigurosamente cada dos días.

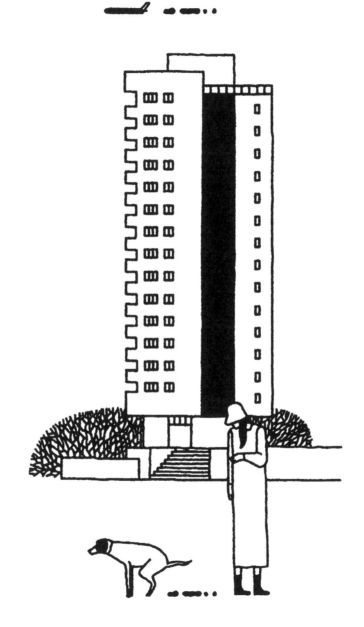

LA VISTA QUE HAY DESDE LAS VENTANAS SUPERIORES DE LA CASA NO es bonita, ni siquiera es interesante, aunque a juzgar por el tiempo que pasa el Ujier subido a los poyetes, mirando y mirando, habría que revisar qué es interesante y qué no. ¿Qué mira, tantas horas seguidas, sin moverse? ¿Hay cosas que ve —cambios mínimos pero significativos— ante las que los demás estamos ciegos? Yo me asomo y solo veo el feo descampado lleno de jaramagos, de maleza, de charcos cuando llueve, y el cartel obsoleto de la constructora chorreando óxido. Más allá, apenas esbozada, se perfila la línea de las casas del fondo, la ciudad emborronada y un cielo en el que a veces se distingue la contaminación y otras las nubes limpias, rayos si hay tormenta, fuegos artificiales cuando toca. Los árboles —naranjos, plataneros, cedros, falsas acacias—, forman manchitas verdes aquí y allá, que alegran la vista y poco más. Si el cielo está despejado, hacia el atardecer de los días de suerte, surgen franjas rosadas, púrpuras y rojas. El resto de los días, los que no son de suerte, una oscuridad creciente y ya.

Se ha clavado una astilla en la pata. Teatralmente, se echa al suelo y trata de quitársela con los dientes. Yo me agacho a ayudarla, se la saco. En su mirada hay gratitud y admiración, pero el momento pasa fugacísimo y al instante ya se ha olvidado de mí y de mi ayuda. Paseamos por unos pinares y hay montones de agujas alfombrando la tierra. Además: piedrecitas, ramas, flores pegajosas. Vuelve a tirarse al suelo, otra vez tengo que limpiarle las almohadillas. ¡La princesa del guisante!, le digo. Levanta la pata delantera, la dobla en posición de caza, las orejas erguidas, el hocico tenso. El aire huele a romero, lentisco y mirto, a piñas secas y caca de vaca. O mejor dicho: eso es lo que yo huelo a duras penas. A juzgar por la excitación de Perrita Country debe de haber muchísimos más aromas, de los que yo, ni idea. Rastrea recopilando información, procesa datos, decide.

En el instante que transcurre entre detectar algo y actuar, entre la parálisis y el salto, justo antes de tomar su decisión, veo en ella inteligencia, una agudeza que sobrepasa el instinto.

Al regresar a casa, el Ujier la huele de arriba abajo, como un marido celoso buscando pruebas de su golferío.

ANTES, PERRITA COUNTRY TENÍA OTRO NOMBRE, DEL QUE TODAVÍA queda constancia en su ficha veterinaria. No me gustaba. Se lo cambié, debido a la distribución de sus manchas blancas y marrones, por *Vaquita*. Ese segundo nombre —que tal vez no era el segundo, sino el tercero o el cuarto—, le duró solo unos días. *Perrita Country*, su verdadero nombre, se impuso enseguida como el suyo, el único posible.

Es normal ir dando bandazos antes de encontrar los nombres adecuados. ¿Cómo se puede nombrar a un ser vivo sin conocerlo? Habría que dejar pasar algo así como una cuarentena.

En su ficha veterinaria, el Ujier, por ejemplo, fue registrado como *Fúlner*, en homenaje al gran William, pero ¿qué tiene que ver mi hermoso gato gordo con el condado de Yoknapatawpha? Ese nombre no era más que un alarde intelectual, una estúpida pose. Duró apenas una semana, aunque, a diferencia de Perrita Country, él tardó dos años en llegar a llamarse el Ujier —pronunciado 'lujier'—, previo paso por *Pato*, *El Oficial* y algunos otros nombres que es mejor olvidar.

Doy por normal este proceso, pero el veterinario me comenta que no, que en absoluto. Los nombres de la mayoría de los animales que atiende coinciden con aquellos con los que fueron registrados. No recuerda ninguna excepción a esta regla salvo la que yo represento: Perrita Country y el Ujier, y pronuncia sus nombres como quien dice «vaya nombres». La gente no se los va cambiando a cada momento como si fueran trajes, concluye.

—No a cada momento —me defiendo.

Yo ya sé que Perrita Country es un nombre fallido, que a los perros hay que ponerles nombres cortos tipo Bob, Ron, Jack o Toby para que atiendan bien a la llamada. Pero cuando llamo a Perrita Country siempre alza las orejas, sabe que le hablo a ella. Si en una conversación surge su nombre, ladea la cabeza, curiosea, se inquieta.

Otras veces, sin embargo, Perrita Country no reacciona al llamado. Se mantiene aparte, con una extraña mirada de tristeza, sus largas pestañas lánguidas, los ojos húmedos, como atascada en algo del pasado, en algo malo que le ocurrió en el pasado.

Pero esto no tiene que ver con la complejidad de su nombre, sino con la complejidad de su psique.

LES HABLO TODO EL RATO. ¿POR QUÉ LES HABLO? ¿CREO ACASO QUE me entienden? Una parte de mí piensa que no, pero el impulso surge tan natural, tan espontáneo, que debe de nacer de la otra parte de mí que sí confía en la comunicación, es más, que se zambulle en ella como las locas —como las viejas locas que viven solas y conversan con sus animales—.

Cuando digo que les hablo no me refiero a órdenes precisas tipo «ven», «vamos» o «toma», que no son sinónimo de hablar, como no es hablar decirle a los niños en la escuela que se sienten derechos o que escriban al dictado. Me refiero a hablar de verdad, como si esperara respuesta, usando palabras hinchadas por el uso, desgastadas, o quizá no, quizá palabras nuevas, desconcertantes, recién inventadas para ellos.

Razono, sugiero. Le digo, por ejemplo, al Ujier: «No, no puedes lamer la salsa al curry, te hará daño al estómago». O a Perrita Country: «¿Qué te parece si hoy damos un paseo largo por los pinares?».

Les doy los buenos días, las buenas noches. Les pregunto qué tal están, cómo han pasado el tiempo si se quedaron solos. Les pido ayuda: «Ay, ¿dónde puse las gafas, las habéis visto?».

¿Qué pensarán mis vecinos si me oyen? ¿Que ya he llegado al estado de las viejas locas y gruñonas, las que hablan con sus animales?

También yo los oigo hablar a ellos, a menudo a gritos, aunque no se peleen.

Una mujer pregunta y su interlocutora —su madre anciana, creo— no contesta o lo hace con monosílabos, solo al cabo de un rato.

La misma mujer pregunta ahora a un hombre, que responde con un largo parlamento en el que se repiten algunas expresiones como «ya está bien» o «lo que faltaba».

Las conversaciones se atascan, regresan una y otra vez al principio, se llenan de ruido, de repeticiones y contradicciones. Una risa brota de pronto, tan aguda, tan inesperada, que no sé si es de alegría o de burla.

Cuando me cruzo con estos vecinos por la calle, no sé si es suficiente con saludar o si debo decir algo más. La mayoría de las veces, creo, suele bastar con un saludo, pero en otras ocasiones, como en las proximidades de la Navidad o si el tiempo es extremo —por ejemplo si ha caído granizo o hace mucho calor—, tengo mis dudas. Si me decido a añadir algo más, algún comentario cordial y educado, me sale voz de pito, o hablo tan bajito que no se me entiende y me veo obligada a repetir el comentario, que suena cada vez más improcedente y ridículo.

Para Victorpe, esto de hablar con más facilidad con los animales que con las personas es una provocación. También cree que hablarle a las mascotas es síntoma de decadencia. A qué *provocación* se refiere o a qué *decadencia* —una provocación social o una decadencia de la civilización, por ejemplo— él sabrá, porque me niego a indagar. Él habla y yo lo escucho en silencio, como mis animales a mí cuando el día acaba y gruño un poco.

Justo dos casas más arriba de la mía vive el Señor de los Petardos. Para él, cualquier excusa es buena para tirar petardos en plena calle, en compañía de sus hijos, dos niños que muy bien podrían ser alumnos míos pero que por fortuna —para ellos— no lo son. Romerías varias, el Día de la Patrona, el Día del Patrón, Nochebuena, Fin de Año y Reyes Magos, el día que estrenó coche y el día que le tocó la pedrea en la lotería: sale a la puerta a medio vestir, saca barriga y tira petardos como un machote ante la admiración de la prole que le asegura la permanencia de su virilidad sobre la Tierra.

Perrita Country tiembla, se mete debajo de la mesa, se encoge hasta hacerse lo más pequeña posible, sube y baja las escaleras desquiciada —clap, clap, clap, clap, clap, clap—, lloriquea, y lo que es más grave —el síntoma más grave de su dolencia, quiero decir—, deja de comer.

El primer día no digo ni hago nada, el segundo tampoco, el tercero tampoco —ay, la cobardía—, el cuarto me presento en su puerta, temblona pero decidida. Es Halloween y hay niños por la calle disfrazados de zombis, brujas, monjas sanguinarias y payasos tenebrosos. También papis y mamis con colmillos, cargando calabazas de plástico. Mi misantropía crece por momentos, como la lava de un volcán.

El Señor de los Petardos está en mitad de la acera, encendiendo la mecha, nunca mejor dicho, concentrado. Le interrumpo. Oiga, le digo, y enseguida me pregunto por qué le hablo de usted y enseguida, también, me respondo: por el miedo. Oiga, le digo, ¿no podría tirar los petardos en el descampado y no justo en la calle, tan cerca de mi casa? Mi perra lo pasa fatal, le va a dar algo, le va a dar un infarto.

El Señor de los Petardos ni me mira. Sigue manipulando su mecha y me dice que me deje de tonterías, que a la perra no le va a pasar nada, que nadie se muere por el ruido de un petardo. Además, sigue, ¿qué pretende que haga? Él está en la puerta de su casa con sus hijos, no va a irse a otro lado, no está matando a nadie y, joder, es un día de fiesta. ¡Un poco más de alegría, por favor!

Regreso a casa sin replicar pero ardiendo por dentro —ay, la lava retenida—. Perrita Country sigue temblando, los ojos suplicantes, como pidiéndome explicaciones sobre la negociación. Cojo el teléfono y llamo a Victorpe, se lo cuento todo en desorden.

—Deberías venir —le pido—. A lo mejor a ti te hace más caso.

—¿A mí? —ríe Victorpe—. ¿A un maricón?

Lo había olvidado. Para los Señores de los Petardos, una mujer sola con un amigo maricón es una mujer doblemente sola.

Todo se confabula en nuestra contra. No solo el Señor de los Petardos se sale con la suya, sino que, de pronto, sin previo aviso, en el descampado de enfrente se alzan dos grúas enormes, descomunales, desafiantes y casi —a mi pesar— hermosas. ¿Cuándo las trajeron? ¿Por la noche, a escondidas, con alevosía? ¿Y cómo han podido llegar hasta aquí? ¿Qué maquinaria se necesita para transportar esta otra maquinaria?

De niña yo a las grúas las llamaba *grullas*.

Pero ojalá fuesen grullas. Y las excavadoras fuesen hipopótamos. Y los camiones elefantes.

Grúas, excavadoras y camiones en el descampado. No presagian nada bueno.

Para empezar, el ruido de la tierra que ruge. Un pitido intermitente que brota de otra máquina —¿qué es?, ¿qué significa?—. Hombres con cascos y chalecos amarillos, dándose instrucciones a gritos. Aún no ha amanecido y ya trabajan.

Subido en el poyete, el Ujier mira el campo de batalla con indignación. En sus ojos encuentro también una pizca de miedo. Por lo que ve y por lo que va a dejar de ver.

Lo bajo de allí, cierro la ventana. Da vueltas en torno a mis piernas, manifestando su enfado, su desazón. Pobre: esto es solo el comienzo.

Pocos días después colocan un nuevo cartel de la constructora. *Próxima promoción de viviendas con garaje y trastero. Dos y tres dormitorios. Acabados de lujo.* Leído en voz alta, tiene hasta su cadencia. Hay también un dibujo del bloque de pisos que construirán, uno de estos dibujos hechos por ordenador donde se ven parejas y niños que pasean todos juntos, muy felices. El edificio se promete compacto y oscuro, con balcones de hierro y cristal.

En las próximas semanas, meses, vemos cómo excavan y excavan, cómo cimentan y colocan andamios, cómo empieza a brotar, a toda velocidad, un piso, y después otro y después otro y después otro, hasta cuatro plantas de paredes y tabiques, todavía un siniestro esqueleto.

El Ujier mira y mira, sumido en un estado de quietud especulativa. ¿Se distrae? ¿Se lamenta?

¿Qué piensa, tantas horas y horas viendo avanzar la obra? ¿Recuerda cómo era antes el paisaje? ¿Anticipa cómo será después, comparando el dibujo del bloque en el cartel con la estructura que se va levantando? ¿Aprecia las similitudes? ¿Aprueba los cambios? ¿Los censura?

Y luego, una mañana, de un día para otro, cesan los ruidos de la maquinaria, los pitidos y las voces de los operarios. Ya no hay avances y la inmovilidad de la obra se acompasa a la del Ujier, que continúa mirando impertérrito. Pasan los días y no ha cambiado nada. El esqueleto del edificio parece ahora vulnerable, amenazado. Da hasta un poco de pena. Crece la hierba alrededor, se forman charcos y se acumulan desperdicios. La casetilla que habían construido al lado como punto de información, y en la que jamás vimos a nadie informándose, aparece una mañana con los cristales rotos y llena de pintadas. «El culo en la polla», leo desde mi ventana.

Esa pintada es mucho más transgresora de lo que parece, dice Victorpe riendo.

Ha caído una cría de gorrión en el patio. La descubro por el jaleo que monta el Ujier, que ha conseguido atraparla y la sujeta ahora entre sus fauces. Doy un grito, salgo corriendo hacia él y le digo «¡suelta!, ¡suelta!», orden que por supuesto no obedece. Tengo que sacársela yo de la boca, su preciada presa. Por fortuna, no le ha hecho daño. Solo la sostenía para jugar, lo que en su caso significa torturar. El Ujier se queda decepcionado, frustradísimo. ¡Nunca le pasa nada y para una vez que le pasa algo! Lo que yo hago con él es también otra forma de tortura, llevándome aparte su juguete, confiscándoselo, mientras escucha cómo esa cosa extraña pía entre mis manos. Perrita Country mira con curiosidad, tratando de averiguar qué es lo que cobijo con tanto esmero. En sus ojos ávidos leo un algo así como: «¿puede comerse?».

La mano se me llena de latidos: al pobre pajarito le va a dar algo. Su confuso sentido de supervivencia le lleva a picotearme a mí, su salvadora, en esa zona carnosa que tenemos entre el pulgar y el índice y cuyo nombre ignoro.

He visto pájaros con peor aspecto, pero estaban muertos. Flaco, desplumado, todo pico y ojos saltones, todo boqueras.

Echo al Ujier del patio, cierro la puerta, las ventanas, y lo suelto a ver si se produce el milagro de que su madre baje a buscarlo.

El gorrioncillo salta con destartalo, pía desesperadamente, sin desfallecer. Hace el amago de volar, agitando sus alas en precario equilibrio sobre el suelo, volcándose hacia adelante o hacia atrás como un tentetieso.

Como hacía el escritor Mario Levrero con Pajarito, hago yo con este ser vivo al que acabo de bautizar como el Pelón: lo observo a través de los cristales, sin quitarle ojo de encima.

Levrero creía que Pajarito era una señal que le enviaba el Espíritu para transmitirle un mensaje. Levrero, el gran Levrero, era muy místico, aunque nunca terminó de definir con claridad qué entendía por *Espíritu*. Puede que yo no llegue a ver señales tras cada una de las cosas que me ocurren, no al menos de momento, pero sé que el hecho de habérselo arrebatado al Ujier —haber intervenido en favor de una criatura y en detrimento de otra— me obliga a ciertas cosas. Ya no puedo mirar hacia otro lado, no puedo desentenderme.

Apostada en mi observatorio, una hora después, veo llegar a la ¿madre?, que desde arriba responde a los lamentos del Pelón. ¿Qué hablan? ¿Le estará regañando: «te lo dije, no se puede volar así a tontas y a locas»? ¿O estará tranquilizándole, explicándole sus próximos planes de rescate?

Me retiro para facilitar la comunicación. A mis oídos llegan dos formas de piar, una adulta y otra infantil, aguda y agudísima respectivamente, entremezcladas. Al rato solo escucho la infantil, en solitario. ¿Y la madre? Se ha ido.

Por la tarde, salgo a hurtadillas y coloco en el suelo un cuenco con agua y otro con un puñado de alpiste. Pero el Pelón es demasiado pequeño para comer y beber por sí mismo. Se cae en el agua, se reboza en el alpiste, torpísimo y desvalido. Ay, Dios, ¿por qué he de ser testigo de esta agonía? Y sin embargo, no me despego de la ventana.

HE BUSCADO EL NOMBRE EXACTO DEL LUGAR DE LA MANO DONDE me picaba al cogerlo: *músculo interóseo dorsal.* A él, al Pelón, no le hacía falta el nombre para saber que es ahí, justo ahí, donde más duele.

Las olas de calor se encadenan sin respiro. Todos los días se alcanzan cuarenta grados, uno llegamos incluso a cuarenta y cinco. Como en la casa no hay aire acondicionado, ando arrastrando tras de mí el pequeño ventilador de pie, que solo mueve el aire caliente a un lado y otro entre chirridos. El Ujier se extiende cuan largo es al borde de la escalera para aprovechar la —escasa— corriente y Perrita Country jadea, se tumba, resopla, se levanta, jadea, se vuelve a tumbar. A causa del Pelón, de su llegada, el patio —el único lugar por donde podría entrar de noche algo de fresco— continúa cerrado a cal y canto.

¿A quién podría culpar? No desde luego al pajarito. Él no ha pedido nada. Es la vida que bulle dentro de él la que se está abriendo paso a empujones, exigiendo. Es imposible luchar contra esa fuerza. Me resigno y me pliego a su mandato.

El Pelón ya vuela a trompicones, a unos pocos centímetros del suelo. Su vuelo es estéril pero persevera. Aletea muy concentrado, hasta quedar exhausto. Coge fuerzas y lo intenta de nuevo.

Los primeros días vi cómo bajaba la que he decidido que es su madre, además de otra hembra y un macho —quizá la tía y el padre, quizá no— y le daban de comer en el pico. ¿Qué le daban? No lo sé, no fui capaz de verlo, algo diminuto que pasaba de buche a buche y que ya traían consigo. Me resultó muy tierno, emocionante. También vi que picoteaban el alpiste. Pensé que sería un buen reclamo para que no se olvidaran de bajar. Puse más.

No fue una buena idea. Los siguientes días venían solo para comerse el alpiste y no le daban nada al Pelón, ni una mijita. Seguí observando con el corazón en vilo la desesperación del pollito, el atracón de los visitantes. Al final debieron de cansarse hasta de mi alpiste y dejaron de bajar. Abandonaron al Pelón en el patio de las paredes altas, una verdadera encerrona, bajo la atenta mirada depredatoria del Ujier tras la ventana y el alboroto de Perrita Country, que todavía no entiende nada.

Ahora el Pelón mira hacia arriba cabreado, los ojos inteligentes y hoscos clavados en la yedra donde solían posarse los mayores que antes venían y que ya no, los que se suponía que velarían por él y ahora se han desentendido dejándolo a su suerte.

Visto lo visto, no me queda otra opción que ser yo quien me encargue de darle de comer.

Compro pasta de cría y unas vitaminas que se suministran con gotero. No es fácil atrapar al Pelón, que se resiste como un condenado. Hay que ir tras él con alevosía, inmovilizarlo bien en un puño —cuidando de no apretar, de no hacerle daño—, obligarlo a abrir el pico y tragar.

Me digo que, con el paso de los días, se acostumbrará a asociarme con la comida y no todo tendrá que ser tan violento, pero el Pelón no es un perro y lo de Pavlov no va con él. Cada vez que me ve ocurre lo mismo: la persecución, la batalla, mi empeño y su endemoniada resistencia.

El Pelón es un verdadero rebelde, no se resigna al destino que le tocó en suerte, que era morir antes de ser adulto. Sin embargo, un enorme porcentaje de crías de gorrión mueren cada año, depredados, desamparados, enfermos o desnutridos. Nacen muchos, mueren muchos: así de claro, así de efectivo. El Pelón se resiste a formar parte de esta estadística, se reafirma en el poder del individuo frente a la especie.

COMO PARA PILLARME EN FALTA, VICTORPE ME SEÑALA LOS RESTOS del pollo al limón que nos acabamos de zampar.

—¡Y tú preocupada por el pajarito!

Miro los huesos con desolación, sin saber qué decir.

¿Cómo puede ser tan cruel? Lo que para él es solo una broma para mí es una ofensiva que me pilla desarmada. Y sin embargo, no podría enfadarme. Tan solo un par de días atrás, Victorpe comprobó de primera mano la angustia de Perrita Country ante un nuevo lanzamiento de petardos. Se levantó de golpe, salió a la calle sin decir nada, habló con el Señor de los Petardos —yo, desde casa, no podía escuchar lo que decían, solo sus voces alternándose— y volvió al minuto, con las comisuras de los labios disimulando el triunfo.

¿Qué le dijo? No quiso contármelo. Se echó a los pies de Perrita Country, enredó los dedos en su pecho enmarañado —mechones blancos, marrones, entremezclados—, le contó las pulsaciones con dulzura.

—Ya se le está pasando —dijo.

No hubo, no ha habido, más petardos desde entonces.

El Pelón sigue ahí. No crece, pierde pluma, no se muere.

Día tras día tras día, a pesar de que todo el mundo asegura que es casi imposible sacar adelante a una cría de gorrión.

En honor a la verdad, yo no lo estoy *sacando adelante*. Vive como estancado, disconforme con su suerte, esperando, ¿qué? ¿Un salvador, el final del secuestro, la condonación de su pena?

Sé que me culpa.

Cada mañana, lo primero que hago al levantarme es buscarlo en el rincón del patio donde suele resguardarse, entre las hojas secas de la yedra y unos periódicos que le pongo a modo de nido. Descubrirlo ahí metido, con la cabeza oculta bajo su ala huesuda, respirando suavito, me llena de ternura, una ternura doliente, aguda, delicada. Él me oye, saca la cabeza del ala, me perfora con su ojo sibilino. Da un brinco, salta, aletea, lo persigo, lo atrapo: todas las mañanas lo mismo, como si no me reconociera de la última vez.

Le obligo a comer como a un niño indócil. Nos ponemos perdidos de pasta de cría, los dos. En el buche le entra el diez por ciento de lo que intento darle; el noventa por ciento restante se queda desperdigado en mis manos, en su cuerpecillo, en su nido precario, en el suelo. Dan ganas de llorar.

Deja que la naturaleza siga su curso, me dice Victorpe. Es absurdo que tengas el patio cerrado por la supervivencia de diez gramos de pájaro que, además, va a morirse. Puede ser, me digo, puede ser, pero yo también formo parte de la naturaleza y, si dejo que siga su curso,

he de dejar también que la ridícula y desproporcionada compasión
que alienta mis actos continúe hasta el final, caiga quien caiga.

¿Y cuál será el final?

Aún no puedo saberlo.

CUANDO HABLO DE MÍ LO HAGO EN PASADO Y EN TERCERA PERSONA. Me disfrazo con la gramática, me la echo de cobertor para resguardarme y no quedar expuesta. En cambio, cuando hablo de otros, o cuando invento, echo mano de la primera persona y del presente. Esto daría una pista de la dimensión de este relato, del alcance exacto de su verdad.

Sin embargo, según la paradoja de Epiménides, o la paradoja del mentiroso, es decir, en la aplicación de la más estricta lógica, esto que he escrito arriba sería contradictorio, puesto que si estoy usando ahora la primera persona y el presente de indicativo es porque invento —o fabulo o miento—, pero al haberlo expuesto he inventado también esa regla, he mentido al exponerla, si diéramos por válido que siempre, cada vez, que uso la primera persona y el presente, invento (fabulo, miento), es decir, que el mentiroso, o en este caso la mentirosa, lo es siempre y en todo lugar y, del mismo modo, supongo, el sincero o sincera lo es todo el tiempo, sin desfallecer.

Cosa en la que es difícil crecr.

Así que, ante este asunto de la verdad y la ficción, baste decir: hay más personas en esta historia, más objetos y circunstancias, incluso más animales. Las arañas del patio tendrían su propio capítulo, por ejemplo, del mismo modo que Colita la salamanquesa, que perdió la ídem a causa del Ujier, o la cría de cotorra que apareció un buen día paseándose a un lado y otro por el patio con la calma chicha de un honorable señor de mediana edad —se parecía a Flaubert—.

No es que no estén por una razón de espacio, puesto que aparecen cosas inventadas que también ocupan su parte. Lo que hay aquí, entonces, es el fruto de una mirada desplazada, que subraya y oculta sin sentido aparente, o siguiendo un sentido privado, casi íntimo.

En este raro opúsculo, cabe decir, todo está distorsionado, nada ha de ser creído a pies juntillas. La distorsión que hay es la que ofrece un cristal esmerilado: lo que se ve detrás, el color, el movimiento, es también una forma de verdad.

Todo es verdad y nada es, sin embargo, literal.

LLORO CON MÁS FRECUENCIA QUE ANTES Y POR LOS MOTIVOS MÁS tontos. Ya casi nunca tengo buenas ideas, si por buenas ideas entendemos ideas grandes, solemnes, que buscan cambiar las cosas o, al menos, una pequeña porción de las cosas. Me falta información constantemente y dudo del significado exacto de cada palabra que uso —por ejemplo, del término *esmerilado* o incluso de la palabra *cobertor*—. A cambio, soy capaz de enredarme con las rutinas más aburridas e insignificantes. Soy capaz de escribir páginas y más páginas sobre la necesidad de trasplantar el helecho a una maceta más grande, pero inútil por completo para escribir una sola línea del plan de centro para el próximo curso. Nunca encuentro tiempo para enrollar la alfombra, meterla en el coche y llevarla a la tintorería, pero me paso horas contemplando al Pelón, del mismo modo que el Ujier contemplaba, meses atrás, la obra del descampado. Mi mente hace asociaciones extrañas y tengo sueños laberínticos que no cambiaría por nada del mundo. Si me concentro, soy capaz de sentir que estoy en otro lugar o en otro momento. También soy capaz de desvirtuar la mirada, como con las imágenes estereoscópicas que crean la ilusión de tres dimensiones, y verlo todo desde otro ángulo, de manera que miro lo de siempre pero, a la vez, lo que veo está sustancialmente cambiado.

Victorpe ha dejado de meterse conmigo. Se inquieta porque cree que los límites de mi mundo se están estrechando. Yo no lo creo así en absoluto, más bien lo contrario, pero su preocupación me agrada, me hace bien.

La otra noche, mientras veíamos en la televisión a los gemelos Scott reformando la mansión de Brad Pitt, me deslizó con discreción en la mano la tarjeta de su psicoanalista. Me pareció que representábamos un papel en una comedia mala y me dio la risa tonta.

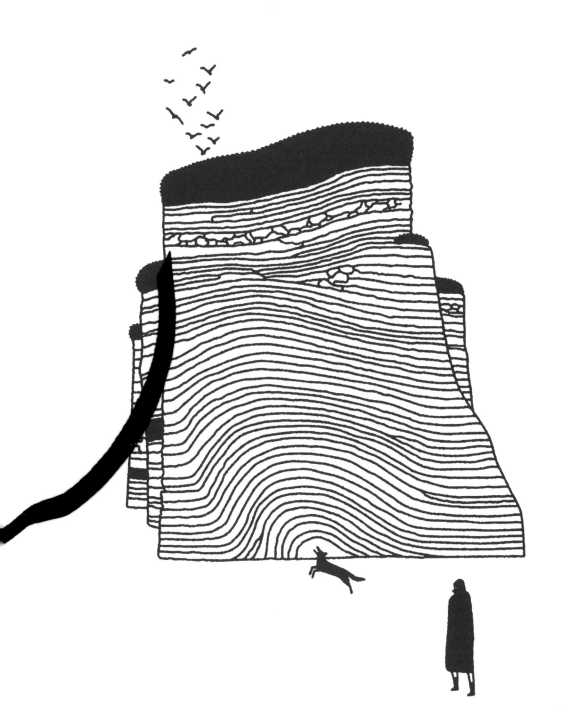

Y UN DÍA EL PELÓN YA NO ESTÁ. ¿DÓNDE ESTÁ, DÓNDE HA IDO?

Lo busco por todos sitios, animada por una extraña y loca esperanza: que haya salido volando o que hayan venido a buscarlo y lo hayan rescatado entre unos cuantos, en un asiento de alas, como en el juego de la sillita de la reina.

No hay ni rastro de él. Inspecciono cada rincón, cada maceta, el ancho arriate. Peino el terreno palmo a palmo —no sabía que hubiese tantos *palmos* en mi patio, tantos posibles escondrijos—. Dejo al Ujier salir para que husmee y lo delate, vigilante policial de primera para el prófugo. Pero el Ujier se despereza, mea en la tierra fresca del arriate y se coloca luego en su posición de esfinge, simétrico e indiferente, sin mostrar la más mínima satisfacción por el terreno recuperado. También azuzo a Perrita Country para que ponga en marcha su instinto cazador. ¿Dónde está el pollo?, le digo alentándola, casi provocándola, y ella me mira con sus hermosos ojos castaños sin comprender, o quizá comprendiendo a la perfección y diciéndome: no hay pollo, no hay nada.

No está el Pelón, se ha ido, pero con él se ha ido además el final de la historia, o la posibilidad de calificar este final como feliz o triste, una victoria o un fracaso. No puede ser que nos deje así, sin adjetivos, sin explicaciones. Un final tan ambiguo, tan abierto. Tan desasosegante. Como ese tipo de finales que nos irritan tanto en las películas y los libros pero que forman parte continuamente de la vida.

Tengo que resignarme a su pérdida. No solo a la pérdida del pajarito, al que quise a pesar de que nunca me quiso, sino a la pérdida de la narración. ¿Cómo seguir ahora esta historia?

Levanto la cabeza, escudriño el cuadrado de cielo que recortan las altas paredes del patio. Imposible que escapara volando por sí solo. Imposible salvo que funcione la magia, algo no descartable en el Pelón. Es una posibilidad en la que creer.

VICTORPE YA NO VIENE A VERME, ME LLAMA POR TELÉFONO. TIENE miedo del virus, de enfermar, de morirse. Yo no sabía que tuviera tanto miedo de morirse. Yo, por ejemplo, no tengo miedo de morirme pero Victorpe dice que eso es porque no le he visto las fauces al lobo. Pero ¿él se las ha visto? Oh, basta con la imaginación, responde irritado.

Hablamos por teléfono, pero no es lo mismo. Lo echo tanto de menos. Su entrada ruidosa, desmañada, su voz siempre un poco demasiado alta, justo al límite de la mala educación. Cómo coge las botellas de vino antes de abrirlas, con ternura, como quien acunara a un recién nacido. Su devoción al leer las etiquetas y mencionar añadas, tipos de uva y taninos, retrogustos, a pesar de mis comentarios sarcásticos y sin gracia, de los que ahora me arrepiento, cuando bebo vino barato y nadie me lee las etiquetas.

Le propongo ir yo a verlo, aunque sé que no es amigo de recibir a nadie en su pequeño apartamento, escrupulosamente limpio y ordenado, privadísimo. Con cortesía, me dice que mejor no. Iré sola, insisto, sin Perrita Country. No es por Perrita Country, responde, ella es más que bienvenida. Es por mí, que puedo portar el virus, me paso el día dándole clase a mocosos que tosen y estornudan sin miramientos, ¿no lo comprendo?

Pero otro día me cuenta que ha invitado a un amigo y que no sabe qué ponerle de cena. Si elabora algo muy sofisticado, dice, el amigo puede sentirse molesto, como si pretendiera tenderle una trampa.

Así que tiene que ser algo sencillo pero con clase, por ejemplo una torta del Casar, salmón ahumado noruego, una ensalada de tomates raf y melva canutera. Aunque bien pensado, eso también podría entenderse como una trampa, pues su amigo comprendería enseguida el esmero en la selección, da igual que haya cocinado o no. Podría, por ejemplo, hacer un pedido; hay un restaurante marroquí cercano que sirve cous cous y pastela a domicilio. Pero entonces su amigo lo interpretaría como desgana e incluso intentaría pagar a medias, cuando llegase el repartidor, y él no sabría si sería pertinente darle una propina ni qué deducción sacaría su amigo en cada caso, si la diera o si no. Victorpe da vueltas y vueltas sobre lo mismo, cavila también sobre la ropa que ha de ponerse al recibirle —¿elegante? ¿informal? ¿ropa de estar por casa pero con un detalle sofisticado como unos buenos calcetines de hilo o un pañuelo?—, sobre si deben sentarse un rato en el sofá para tomar una copa antes de cenar o si han de pasar directamente a la mesa —su amigo es holandés, por lo que presupone que tendrá la costumbre de cenar temprano—. Se pregunta si es mejor poner la mesa sobre la marcha o tenerla ya lista de antemano para evitar ese incómodo ir y venir a la cocina a por cubiertos y vasos, y otras cuestiones como qué tipo de copa es la adecuada, la conveniencia o no de poner música y qué tipo de música.

En este caso, no hace ninguna mención al virus ni a la posibilidad de que el holandés pueda ser portador de la enfermedad ni a las fauces del lobo.

Pero lo escucho con paciencia, interviniendo aquí y allá con algún consejo, conmovida por que me pregunte sobre esas cuestiones cuando él sabe que yo soy un desastre y siempre lo hago todo al revés, agradecida también porque me muestre su debilidad, sus nervios, y porque antes él escuchó mis disquisiciones sobre el Pelón, mis elucubraciones sobre dónde habrá ido a parar, cómo se ha podido fugar del patio encajonado si apenas era capaz de revolotear, mi estúpida añoranza, el temor de que el misterio pueda explicarse desde el lado oscuro o, al revés, mi ilusión de creer que ahora es libre y está al fin con los suyos.

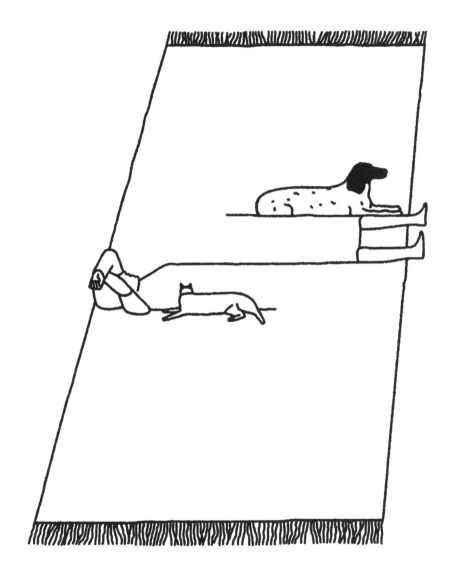

TODO ESTE BOSQUE DE PREGUNTAS SIN RESPUESTAS, COMO ÁRBOLES sin copa.

¿Se alegran de la marcha del Pelón? ¿Recuerdan su desesperada manera de piar, el sonido feroz de sus aleteos? ¿Hasta dónde les llega la memoria?

¿Y ellos dos? Si uno se marchara, ¿lo echaría el otro de menos? ¿Recordarían su existencia conjunta? ¿Se sobrepondrían a la soledad?

¿Se quieren? ¿Quiere Perrita Country al Ujier pero el Ujier no a ella? ¿O es al revés? De haber amor, o al menos afecto, ¿es creciente o estático? ¿Podría menguar? ¿Cabe en ellos la decepción, el hastío?

Cuando se comunican, ¿qué se dicen?

¿Son sinceros? ¿Se mienten?

¿Me quieren? ¿O solo estoy ahí, a su lado, formando parte del paisaje que aceptan con su calma ancestral, con equilibrio?

¿Hay algo en mis costumbres que detestan y de lo que no tengo la menor idea? ¿Son comprensivos con mis torpezas? ¿Me critican? ¿Me juzgan? ¿Perdonan mis desvelos por el Pelón, el sinsentido del patio cerrado en pleno agosto?

¿Lo echan de menos?

Repaso los cuadernos de mis alumnos, su escritura decidida y apretada, a menudo torcida, que traspasa las hojas y deja marcas, las faltas ortográficas que no son nunca errores, la increíble gracia de su sintaxis. Su extraña sinceridad.

Victorpe estará ahora con su holandés, tomando cava o vino blanco o ginebra o lo que sea por lo que al final se decidiera, escuchando a Bach o a Albinoni o a Sinatra o a Rocío Márquez o quizá en silencio, sin escuchar nada. Puede que ya hayan cenado, puede que no.

Hay un virus rondando alrededor, pero el Ujier y Perrita Country están fuera de peligro, como también está fuera de peligro ahora Victorpe, lo sepa o no.

Yo me siento en paz. Miro a mis animales.

Su fragilidad ante nuestra ignorancia, su vulnerabilidad ante nuestra crueldad. El secreto de su existencia, que guardan bajo llave, celosamente.

Mirarlos es como mirar un misterio. Quizá están hechos de la misma sustancia de los dioses, de la magia que sincroniza los astros y ocasiona la telepatía. Quizá acariciarlos, sentir su calor y sus latidos bajo la humilde palma de la mano, es la única manera que tenemos de rozar la trascendencia. Penetrar en su mirada es iniciar un viaje enigmático ante el que hay que guardar silencio e intentar no pensar. Hacer, mentalmente, una reverencia, ser amables y pacientes, reconocer su grandeza, nuestra pequeñez.

No la grandeza de cada uno de ellos, no del Ujier ni de Perrita Country ni del Pelón tomados como individuos, uno por uno, sino de todos ellos en conjunto como conexión con un todo, con la totalidad del universo.

Puede que esto que digo, estas apreciaciones mías, sean equivocadas. En este caso, se trata de una confusión similar a la de los niños que cometen faltas ortográficas: una inofensiva confusión.

Tal vez los académicos —los serios, los cabales, los que carecen de sentido del humor y gustan de establecer límites— pensarían diferente, con menos indulgencia, y juzgarían con severidad mis pensamientos, que tomarían como ataques o como despropósitos de una mente superficial y frívola, incluso trastornada.

Pero a Perrita Country y al Ujier les da igual lo que piensen los académicos, entre otras cosas porque no saben quiénes son estos académicos y porque, por fortuna, no van a saberlo nunca.

Y si a ellos les da igual, ¿quién soy yo para discutirlo?

Hago, mentalmente, una reverencia. Soy, o trato de ser, amable y paciente con ellos. Reconozco su grandeza. Admito mi pequeñez.

Sara Mesa nació en Madrid pero vive en Sevilla desde niña. Es autora de seis novelas y tres libros de cuentos. Entre sus títulos destacan las novelas *Cuatro por cuatro* (finalista del Premio Herralde en 2013), *Cicatriz* (premio Ojo Crítico de RNE en 2015) y *Cara de pan*, así como el volumen de relatos *Mala letra*, todos ellos publicados en la editorial Anagrama. Su obra ha sido traducida a una decena de lenguas. Su última novela, *Un amor*, fue elegida como libro del año 2020 por medios como *El País*, *El Cultural* y *La Vanguardia* y recibió el premio Los Libreros Recomiendan en la categoría de ficción.

Pablo Amargo (Oviedo 1971) es ilustrador. Colabora regularmente en prensa nacional e internacional (*The New York Times*, *Jot Down Magazine*, *The New Yorker*), en la realización de carteles, así como en la ilustración de libros. Ha sido reconocido con importantes premios a lo largo de su carrera profesional como el Premio Nacional de Ilustración 2004, el Premio Gráffica 2016 por su contribución a la cultura visual o el Laus Oro 2017. Entre sus libros destacamos *Casualidad* que recibió el prestigioso CJ Picture Book Award 2011 de Korea o el Gold European Design Awards 2012. Y más reciente el libro *Cats Are Paradoxes*, que fue galardonado con la Gold Medal por la Society of Illustrators of New York 2017, uno de los galardones más prestigiosos en Estados Unidos.

Esta primera edición de
PERRITA COUNTRY
de
Sara Mesa,
ilustrado por
Pablo Amargo
se terminó de imprimir
el 15 de septiembre de 2021